쥐뿔도 없는 회귀

쥐뿔도 없는 회귀 3

목마 퓨전 판타지 장편소설

초판 1쇄 찍은 날 | 2018년 3월 8일
초판 1쇄 펴낸 날 | 2018년 3월 15일

지은이 | 목마
펴낸이 | 예경원

기획 | 위시북스
편집책임 | 이규재
편집 | 이즈플러스

펴낸곳 | 예원북스
등록번호 | 제396-2012-000132호
등록일자 | 2012. 7. 25
KFN | 제1-231호

주소 | 경기도 고양시 일산동구 호수로 646-24 위너스21 II 빌딩 206A호 (우)10401
전화 | 031-819-9431 팩스 | 031-817-9432
E-mail | yewonbooks@naver.com

ISBN 979-11-6098-868-0 04810
979-11-6098-833-8 (set)

※ 이 도서의 국립중앙도서관 출판시도서목록(CIP)은 서지정보유통지원시스템 홈페이지(http://seoji.nl.go.kr)와 국가자료공동목록시스템(http://www.nl.go.kr/kolisnet)에서 이용하실 수 있습니다.

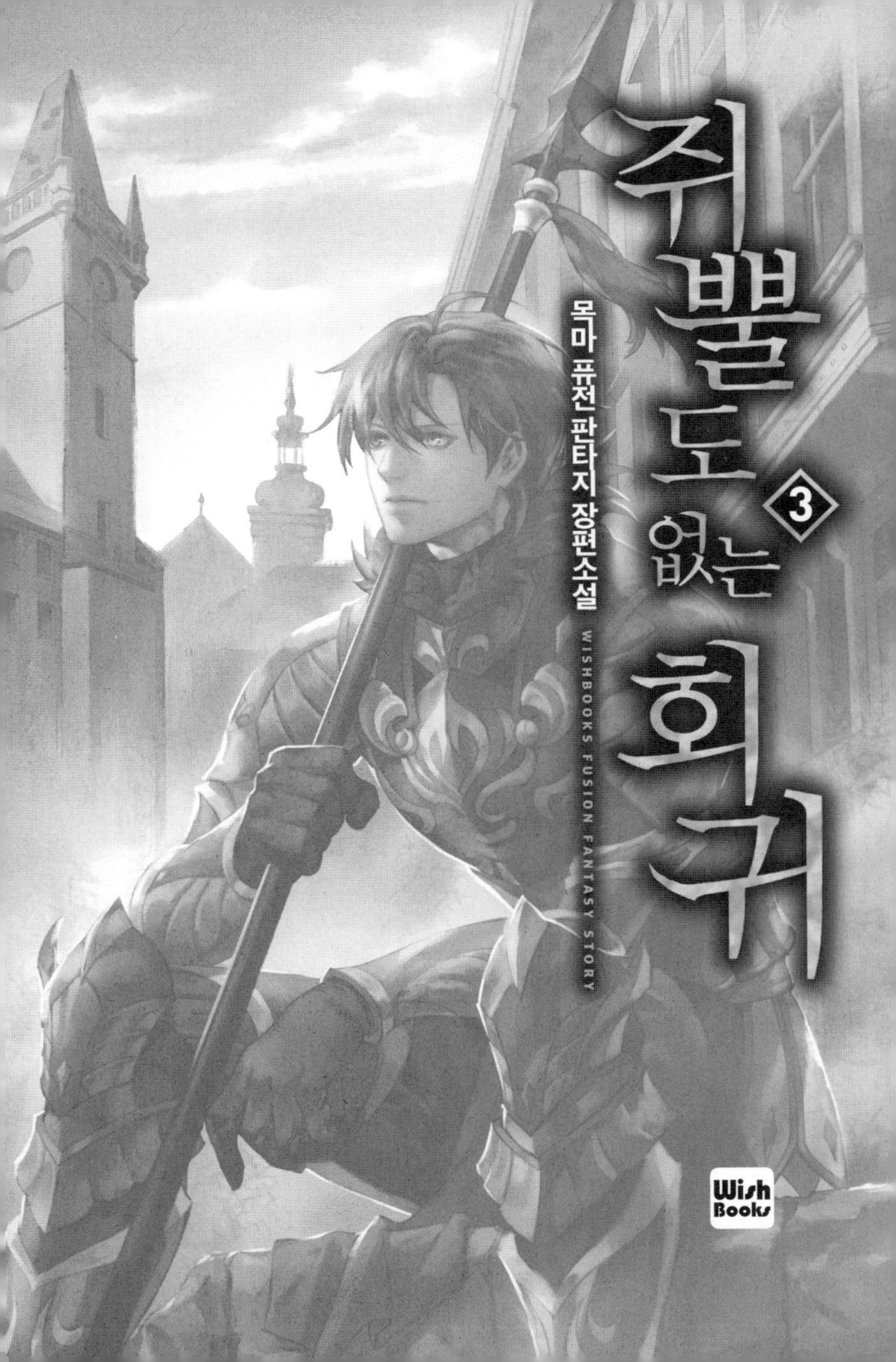
쥐뿔도 없는 회귀
3
목마 퓨전 판타지 장편소설
WISHBOOKS FUSION FANTASY STORY
Wish Books

쥐뿔도 없는 회귀

CONTENTS

1장
만남(2)

"무슨 뜻입니까?"

이성민이 머리를 갸웃거리면서 물었지만 김종현은 의미를 알 수 없는 미소만 지을 뿐 대답해 주지 않았다. 대신에 그는 베른 쪽을 힐긋 보면서 물었다.

"그런데, 무슨 일로 오신 겁니까?"

"자네가 말하지 않았었나."

베른이 헛웃음을 흘렸다.

"오우거 키메라를 토벌한 용병을 직접 만나고 싶다고."

"아, 아아아…… 그렇군요."

김종현이 머리를 끄덕거렸다. 그는 이를 보이며 웃더니 이성민을 돌아보았다.

"당신이 오우거 키메라를 토벌한 용병이었습니까?"

“예.”

“생각했던 것보다 어려서, 상상하지 못했습니다.”

김종현은 그렇게 말하면서 손을 움직였다.

아무것도 없는 허공을 손으로 쓱 밀어내자 가까운 곳에 떠다니던 오우거 키메라의 머리가 김종현 쪽으로 날아왔다. 이성민은 미간을 찡그리면서 몇 걸음 뒤로 물러섰다.

공중에 떠 있는 오우거의 머리는 목 부분이 썩둑 잘려 있었다. 두 눈동자는 움푹 파여 있었고 입을 꿰매놓았던 실은 죄다 뽑혀서 입이 쩍 벌어져 있었다.

“아주 흥미로워요.”

김종현이 콧노래를 불렀다. 그는 양손을 뻗어 오우거의 머리를 잡았다.

“이 키메라에는 다양한 종류의 수준 높은 마법들이 걸려 있습니다. 이미 죽어서 완전히 파악할 수는 없지만요. 하나 분명한 것은, 이 키메라를 만들어낸 마법사는 최소 대마법사라고 불릴 만한 수준의 인물이라는 겁니다.”

“그건 듣기 힘들군.”

김종현의 말에 베른이 미간을 찡그리면서 반론했다.

“대마법사는 그리 쉽게 입에 담을 수 있는 말이 아니야.”

“그렇게 말할 수는 없죠. 분야가 다르다고는 해도 인정할 것은 인정해야 하지 않겠습니까?”

"으음……!"

베른이 쓴 신음을 흘렸다. 옷깃을 꽉 잡은 베른은 한숨을 푹 내쉬더니 몸을 돌렸다.

"내가 같이 듣고 있을 필요는 없겠지. 나는 먼저 길드로 돌아가도록 하겠네."

베른은 그렇게 내뱉고선 방을 나가 버렸다. 졸지에 김종현과 단둘이 있게 된 이성민은 당황하여 베른을 잡으려 들었지만 이미 문은 닫혀 있었다.

등 뒤에서 김종현이 쿡쿡거리며 웃었다.

"질투란 것은 참 추하다고 생각하지 않습니까?"

"……질투?"

"베른 님은 오랜 세월 정체해 있습니다. 그러니까…… 무공이랑 비슷한 겁니다. 더 높은 수준으로 나아가기 위해서는 벽을 넘어야 해요. 그리고 베른 님은 굉장히 긴 세월 동안 그 벽을 넘지 못하고 계시죠."

김종현은 그렇게 중얼거리면서 양손으로 잡고 있던 오우거의 머리를 이성민 쪽으로 밀어냈다. 마치 농구공을 던지는 것 같았다.

이성민은 오우거의 머리가 공중을 구르며 날아오자 기겁하여 몸을 피했다.

"벽을 넘으면 대마법사의 경지에 도달할지도 모르는데, 그 벽을 넘지 못하고 있으니 스스로도 얼마나 답답하겠습니까?"

김종현은 그렇게 말하면서 다시 손을 움직였다. 공중을 떠다니던 오우거의 사체와 내장이 김종현 쪽으로 다가왔다.

"뭐, 그건 그렇다 치고. 아까도 말했지만 이 사체는 굉장히 흥미롭습니다. 마음 같아서는 오우거를 베이스로 하여 얼마나 다양한 마법이 조화되었고 어떤 종류의 몬스터가 사용되었는지 하나하나 설명해 드리고 싶지만…… 마법사가 아닌 당신이 이해하기는 힘든 이야기겠죠."

"본론만 말합시다."

"어땠습니까?"

김종현이 어깨를 으쓱거리며 물었다.

"당신과 함께 오우거 토벌을 갔던 루드 님에게 이야기를 듣기는 했습니다. 하지만 직접 싸워본 당신의 이야기를 듣고 싶었어요. 싸우면서…… 어땠습니까?"

"……정확히 무엇을 묻는 것인지 잘 모르겠습니다."

"놈과 싸우면서 뭔가 이상한 것을 느끼진 않았습니까?"

김종현이 질문했다. 그 질문에 이성민은 오우거와의 싸움을 회상해 보았다.

이상한 것…….

느끼지 못했다. 애초에 이성민은 오우거와 이번에 처음 싸워보았기 때문에 다른 오우거와 비교하여 다른 점을 떠올리는 것이 불가능했다.

“없습니다.”

“내구도는 어땠습니까? 재생력은?”

“전력으로 때린 공격에 흠집도 나지 않더군요. 관절 같은 약한 부분으로 공략하는 것이 최선이었습니다. 눈동자를 꿰뚫었는데 그 상처를 1분도 지나지 않아 재생했습니다.”

“그 외에 다른 점은 없었습니까?”

“날렵…… 하다고 생각했습니다. 그리고 공격이 무겁다고. 정면으로 맞으면 피떡이 될 것 같았습니다.”

이성민은 오우거 키메라와 싸우면서 느꼈던 것들에 대해 설명해 주었다.

그 말을 가만히 듣고 있던 김종현이 머리를 끄덕거렸다.

“알겠습니다.”

“이런 말을 들어서 뭔가 도움이 되는 겁니까?”

“안 듣는 것보다는 낫지요.”

김종현은 쿡쿡 웃으면서 오우거의 내장을 잡았다.

“제법 도움이 되는 이야기였습니다. 사체는 많은 정보를 가지고 있다고는 하지만, 키메라의 경우에는 사체를 통해 알아낼 수 있는 것이 그리 많지가 않아요. 키메라가 죽는 시점에서부터 걸려 있는 마법이 풀리게 되거든요.”

복잡하게 꼬여 있던 대장이 쭉 펴진다. 이성민은 얼굴을 일그러뜨리면서 몇 걸음 뒤로 물러섰다.

"오우거는 최상위 포식자로 분류되는 몬스터입니다. 하지만 그렇다고 해서 절정고수의 공격을 정면으로 받아낼 수 있을 정도로 단단한 것은 아니에요. 재생력도 갖추고는 있지만 박살 난 눈동자를 1분 안에 재생할 정도도 아니고요. 많은 도움이 되었습니다."

이성민은 그렇게 말하는 김종현을 물끄러미 보았다. 잠시 뒤에 이성민이 입을 열었다.

"아까 전에 무슨 말을 하려 했던 겁니까?"

"아, 아아? 아…… 별것 아닙니다."

김종현이 묘한 미소를 지었다.

"당신, 비틀려 있군요."

"……예?"

"인과율이 비틀려 있어요. 알고 있습니까?"

김종현의 말에 이성민의 얼굴이 뻣뻣하게 굳었다.

인과율이 비틀린 존재.

그를 알아보았던 것은 므쉬와 에레브리사의 중개인들뿐이었다.

"……어떻게 알았습니까?"

"알고 있었군요. 이야, 대단하십니다. 내가 당신과 같은 처지가 되었더라면 절망하여 미쳐 버렸을 텐데."

김종현이 쿡쿡거리며 웃는 소리를 냈다. 그는 몇 걸음 뒤로 물러서더니 손을 휘저었다. 구석에 있던 의자 두 개가 날아와 김종현과 이성민의 근처에 놓였다.

"뭐라도 마시겠습니까? 커피도 있고 홍차도 있고 녹차도 있는데."

"아니…… 됐습니다."

뭔가를 마시고 싶다는 생각이 들지 않았다.

절망하여 미쳐 버렸을 텐데.

김종현이 덧붙인 말이 신경 쓰였다. 김종현은 노려보듯이 매서운 이성민의 시선에 마른 웃음소리를 냈다.

"누가 알려줬습니까?"

김종현이 다리를 꼬며 물었다. 권하기는 했지만 김종현도 무언가를 마시지는 않았다.

"……므쉬."

"아하, 시련과 고행의 신 말이군요. 므쉬의 산에서 수행한 겁니까?"

"……예."

"그렇군요. 몇 년이나?"

"중요한 질문입니까?"

“아니요. 제 개인적인 호기심이었습니다. 대답하지 않아도 좋습니다. 그래, 그러니까…… 므쉬가 당신에게 말해줬다는 겁니까, 인과율이 비틀렸다는 것을.”

“예.”

“그에 대해서 이해하고 있습니까?”

김종현의 물음에 이성민은 잠깐 호흡을 고르다가 대답했다.

“죽은 뒤에 영원히 고통받게 될 것이라고 했습니다.”

“불친절한 설명이군요.”

김종현이 끅끅거리면서 웃었다.

“왜 당신의 인과율이 비틀어진 것인지 나한테 알려줄 수 있습니까?”

“내가 그것을 말해준다면?”

“당신이 궁금해하고 있는 것에 대해 내가 대답해 줄 수 있을 겁니다.”

“당신을 믿을 수 없습니다.”

“맹세하죠. 나는 절대로 당신에게 들은 이야기를 타인에게 발설하지 않겠습니다. 이것은 마법사인 내가 위대한 마나에게 하는 맹세로서 절대로 어길 수 없습니다. 어기면 내가 죽게 되니까.”

김종현이 대수롭지 않다는 듯이 말했다. 그 말을 한 즉시 김종현의 몸을 푸른 마나가 휘감았다.

마나에 하는 맹세.

그것에 대해서는 이성민도 알고 있었다. 마도를 걷는 마법사들은 절대로 저 맹세를 어길 수가 없다.

이성민은 잠깐 동안 김종현을 노려보다가 입을 열었다.

"……나는 한 번 죽었습니다. 죽고서, 다시 돌아왔습니다."

"회귀했다는 겁니까?"

"그렇죠."

"과연, 그래서 인과율이 비틀렸나. 하긴, 그렇겠지요. 태어나고, 살아가고, 죽는 것. 그것은 가장 기본적인 인과율이면서 이 세상을 구성하는 첫 번째 규칙입니다. 모든 존재가 저 인과율에 얽매여 있어요."

툭.

김종현이 의자의 팔걸이를 손으로 두드렸다.

"그것은 생명뿐만이 아닙니다. 당장 내 엉덩이 밑에 깔려 있는 의자도 그래요. 목수가 의자를 만들었다. 의자가 의자로써 쓰이다가, 부서졌다. 그 역시 인과율입니다."

김종현의 입꼬리가 씰룩거리면서 올라갔다.

"부서진 의자가 다시 원래대로 돌아오려면 어떻게 해야 할 것 같습니까?"

"……수리를 해야겠죠."

"네, 맞습니다. 하지만 그게 과연 똑같은 의자일까요? 부서진 부분을 보완하고 못을 새로 박고. 이미 그 과정에서 의자는 다른 의자가 되어버리는 겁니다. 의자도 그런데 생명은 어떻겠습니까. 죽은 인간이 과거로 돌아온다는 것은…… 이 세계를 구성하는 가장 기본적인 법칙을 거스르는 행위입니다. 거스르는 것은 인과율이고 그 과정에서 비틀려 버리지요. 그것은 혼이 쌓는 업보(業報)가 됩니다."

이성민은 침묵으로 김종현의 말을 들었다. 김종현의 목소리에 흥분이 어렸다.

"모든 업보는 죽은 뒤에 청산됩니다. 므쉬의 말은 사실이지만 너무 불친절했어요. 단순히 고통받는 것으로 끝나는 것이 아닙니다. 아, 물론 나도 당신이 과연 어떤 고통을 받게 될지는 모릅니다만."

"므쉬가 했던 말과 다를 것이 없군요."

"나도 죽어본 것이 아니니까요. 사후세계의 존재를 필멸자는 절대로 알 수 없습니다. 뭐…… 마법이라는 학문은 비상식의 끝에 존재하는 진리를 추구하는 것이라. 진리를 엿보게 된다면 사후세계와 같은 필멸자에게 허락되지 않은, 금기시되는 지식에 대해 알게 될지도 모르겠습니다만…… 그것을 엿보았다면 나는 대마법사를 초월한 현인이 되었겠지요."

김종현이 피식거리면서 웃었다. 그는 이성민의 얼굴을 물끄러미 보다가 말을 이었다.

"당신이 므쉬에게 들은 것이 인과율이 비틀렸다는 것이 전부라면 나는 그 외에도 당신에게 알려줄 것이 더 있습니다."

"……그게 뭡니까?"

"당신은 묘해요."

김종현의 눈이 가늘어졌다.

"당신은 인과율이 비틀린 것뿐만이 아니라, 또……."

또…….

또.

또, 또, 또.

김종현이 뱉은 말의 말미가 길게 이어지고, 맴돈다.

이성민은 손을 들어 왼쪽 귀를 틀어막았다.

뭐지?

이성민이 당황한 순간, 김종현의 입이 닫혔다. 가만히 눈을 깜박거리던 김종현이 어깨를 으쓱거렸다.

"안 되겠군요."

"예?"

"말하면 안 됩니다."

김종현은 그렇게 말하면서 쓰게 웃었다. 그 말에 이성민의 입술이 멍하니 벌어졌다.

"그게 대체 무슨 말입니까?"

"말하면 내가 죽게 됩니다."

김종현은 그렇게 말하면서 몸을 일으켰다.

"이해해 주십시오."

"자, 잠깐. 그게 대체 무슨 말입니까?"

"이 정도는 말해도 되는 것인지 나도 잘 모르겠는데."

김종현이 중얼거렸다.

"당신의 목숨은 당신의 것이 아닌 건지도 모릅니다."

의미를 알 수 없는 말이었다. 당연히 이성민은 김종현의 말을 이해하지 못했다. 이성민이 다시 입을 열어 질문하려 할 때, 김종현이 손을 들어 이성민의 말을 가로막았다.

"다음에 찾아와 주시겠습니까?"

정중한 부탁이었다.

"나 역시 혼란스러워서 조금 생각을 정리해야 할 것 같습니다."

"……이해가 안 됩니다."

"나도 그렇습니다."

김종현이 쓰게 웃었다.

"하지만 이건 틀림없는 사실입니다. 당신에게 이것을 말한다면 나는 죽게 됩니다. 나는 죽고 싶지 않아요. 적어도 아직은."

김종현은 그렇게 말하고서 숨을 한 번 삼켰다.

"다음에 찾아와 주십시오."

무슨 일이 일어난 것인지 알 수가 없었다.

김종현의 방을 나온 이성민은 우두커니 서서 귀를 어루만졌다.

김종현이 말을 하려던 순간…… 무언가가 일어났다. 도대체 무슨 일이 일어난 것인지는 알 수 없었으나 그때 느꼈던 기묘한 위화감은 진짜였다.

'대체 뭐지?'

이성민은 혼란을 느끼면서 귀를 꾹 눌렀다.

말하면 죽게 된다고 했다. 그게 무슨 말도 안 되는 소리인가. 그 방에는 이성민과 김종현 둘뿐이었다. 이성민이 김종현을 죽이려 들 리는 없고, 대체 누가 김종현을 죽인단 말인가?

'잠깐.'

생각해라.

므쉬의 산에서 있었던 일을.

므쉬가 굳이 '혼잣말'이라면서 중얼거렸던 말들을.

그 말의 끝에서 므쉬는 이성민이 아닌 다른 누군가에게 경고했었다.

그만둬. 이곳은 나의 영역이다. 공멸하고 싶은 것이 아니라면 오지 않는 것이 좋아.

그때는 그 말을 그리 귀담아듣지 않았다. 그때…… 므쉬는 누구에게 저렇게 경고했던 것일까.

싸늘함.

이성민은 뒷목을 어루만졌다. 그 이야기를 듣던 도중에 느꼈던 싸늘함은 이성민에게 깊이 새겨져 있었다.

"응?"

이성민이 김종현의 문 앞을 떠나지 못하고 생각을 정리하고 있을 때, 누군가가 성큼성큼 이성민에게 다가왔다. 이성민은 다가오는 기척에 반응하여 뒤를 돌아보았다.

"너……."

두 눈을 치켜뜨고 있던 여자가 입을 열었다.

이성민은 자신의 얼굴을 들여다보는 여자를 보면서 머리를 갸웃거렸다.

한참 동안 이성민의 얼굴을 들여다보던 여자가 눈썹을 찡그렸다.

"그때 그 또라이 아니야?"

"……예?"

뜬금없는 여자의 말에 이성민이 두 눈을 동그랗게 떴다.

맞네.

여자가 중얼거렸다. 이성민을 빤히 보던 여자가 입을 열었다.

"못 알아보는 거야?"

"……누구세요?"

"와, 뭐 이런 놈이 다 있어?"

이성민의 질문에 여자가 답답하다는 듯이 가슴을 두드렸다.

붉은 머리카락과 붉은 눈. 뒤늦게 이성민의 머릿속에 스치는 것이 있었다.

이성민의 입이 반쯤 벌어졌다.

"스칼렛 님?"

"이제야 알아보냐!"

이성민의 질문에 스칼렛이 버럭 하고 고함을 질렀다.

대뜸 커진 목소리에 이성민은 화들짝 놀라 몇 걸음 뒤로 물러섰다.

스칼렛 레시르.

므쉬의 산에서 수행했을 적에 만난 여자.

이성민보다는 일 년 먼저 산에서 수행하고 있었고, 검귀 독비준과 함께 수행을 끝내고 산을 떠났던 여자다.

"왜 스칼렛 님이 이곳에 있는 겁니까?"

"그건 내가 할 말이지."

알아보지 못한 이유는 간단했다. 3년이라는 시간이 흐른 탓도 있었지만 이성민이 기억하는 스칼렛의 모습은 누더기를 대충 몸에 감고, 씻지 않아 꾀죄죄하고 떡 진 머리에 악취를 풍기는 여자였었다.

그런데 지금 앞에 있는 스칼렛은 어떤가. 얼룩 하나 없는 깨끗한 옷에, 얼굴도 머리도 깨끗하다.

그런 스칼렛의 모습을 보고서 이성민은 새삼스레 스칼렛이 굉장한 미인이라는 것을 깨닫게 되었다.

"여기는 마법사 길드야. 너는 무공을 익히던 것 아니었어? 왜, 노선 바꿔서 마법사라도 하게?"

"아니, 그런 것이 아니라……."

"그럼 뭐야? 마법이랑 무공을 동시에 배우려고? 어이구, 괜한 짓 하지 말고 하던 것이나 열심히……."

"아니라고 하지 않았습니까. 마법을 배우려고 온 것이 아닙니다."

이성민이 한숨을 푹 내쉬면서 스칼렛의 말을 끊었다. 그런 이성민의 태도에 스칼렛은 입술을 삐죽 내밀었다.

"그럼 왜 여기에 있는 거야?"

"볼일이 있어서요."

"볼일?"

스칼렛은 시선을 들어 이성민의 뒤편에 있는 붉은 문을 힐긋 보았다. 그 문을 보고서 스칼렛은 미간을 찡그렸다.

"설마 볼일이라는 게 김종현 그 미친 새끼랑 관련되어 있는 거야?"

"아는 사이입니까?"

"그럼 모르겠냐? 그 미친 새끼를."

스칼렛은 투덜거리면서 뒷머리를 손으로 벅벅 긁었다. 산에서는 스칼렛이 머리를 긁을 때마다 하얀 비듬이 눈처럼 내렸는데, 지금은 눈이 내리지 않았다. 아무래도 머리를 긁는 것이 스칼렛이 가진 습관인 모양이었다.

"오랜만에 만나니까 반갑네. 이야기나 좀 하고 싶은데, 나도 지금 꽤 한가하고. 어때? 내 방으로 갈래?"

"방에 말입니까?"

"야, 야. 이 엉큼한 꼬맹아. 괜히 이상한 생각 하지 말고. 그냥 심심해서 시간이나 때울 생각이거든?"

"내가 뭐라고 말했다고 엉큼하단 겁니까?"

"네 나이가 몇이지?"

"……18살이죠."

"그 나이의 남자애들은 다 엉큼해. 머릿속에 야한 것밖에 안 들어 있지."

"무슨 말 같지도 않은 소리를……."

이성민이 투덜거렸지만 스칼렛은 자신의 주장을 굽힐 생각이 없어 보였다.

스칼렛은 이성민을 끌고서 자신의 방으로 향했다.

해체된 오우거의 팔다리와 내장이 떠다니던 김종현의 방과는 다르게 스칼렛의 방은 그런 흉측한 것들은 떠다니지 않았다. 하지만 제법 지저분했다.

"적당한 곳에 앉아."

그렇게 말하는 스칼렛도 산처럼 쌓인 책 위에 엉덩이를 걸치고 앉았다.

이성민은 방 안을 쭉 둘러보면서 중얼거렸다.

"스칼렛 님은 그냥 지저분한 분이셨군요."

"야, 실례되는 말 할래? 원래 대부분의 마법사는 이러고 살아. 그리고 내가 왜 지저분해? 그 엿 같은 산에서 나온 후로 내가 샤워를 하루에 몇 번 하는 줄 알아?"

스칼렛은 투덜거리면서 다리를 꼬았다.

"그래서, 네가 왜 이곳에 있는 거야?"

그 질문에 이성민은 마법사 길드까지 오게 된 경위를 설명해 주었다. 어차피 숨길 만한 일도 아니었다.

이성민의 이야기가 끝나자 스칼렛이 눈썹을 찡그리고서 중얼거렸다.

"김종현, 그 미친 새끼가 키메라를 주물거리고 있다는 이야기는 들었었지. 설마 그걸 잡은 것이 너일 줄은 몰랐지만 말이야."

"……그분은 어떤 사람입니까?"

그러고 보니 이성민은 김종현이 정확히 어떤 사람인지도 알지 못하고 있었다. 그나마 아는 것이라고는 이성민과는 다른 지구 출신의 한국인이라는 것뿐이다.

이성민의 질문에 스칼렛이 어깨를 으쓱거렸다.

"미친놈이야. 정신머리가 조금, 아니, 많이 이상해. 하지만 실력은 확실하지. 다른 건 몰라도 베헨게르 마법사 길드에서 김종현보다 흑마법과 키메라 관련 지식에 뛰어난 마법사는 없어."

스칼렛이 말하는 '미친놈'이라는 평가에 이성민은 긍정할 수밖에 없었다. 방 안에 오우거의 사체 파편을 띄우면서 그것을 가지고 놀던 김종현은 정상인과는 아득히 떨어져 있었기 때문이다.

"스칼렛 님은 왜 이곳에 있는 것입니까?"

"나는 마법사니까."

스칼렛이 심드렁한 얼굴로 대답했다.

"마법사가 마법사 길드에 소속되는 것이 이상한 일은 아니잖아? 마법사 길드는 편해. 실력이 제대로 되고 연구 성과만 낸다면 지원금을 잔뜩 주거든. 그래서 여기 있는 거야. 베헨게르가 므쉬의 산과 가장 가까운 곳에 있었으니까."

스칼렛 레시르.

그 이름은 전생에서 소문으로만 들어보았다.

설마 그 스칼렛 레시르가 베헨게르에 있었을 줄이야.

'아니, 지금 시점에서는 스칼렛 님이 대마법사가 되기 이전이니까.'

시간의 흐름을 본다면 베헨게르에서 기반을 다진 뒤에 이 곳을 떠나 본격적으로 대마법사가 되는 것이겠지.

"몸은 편한데 마음은 편하지가 않아. 요즘 하는 연구가 잘 안 돼서."

스칼렛이 투덜거렸다. 그 말에 이성민은 피식 웃을 수밖에 없었다.

스칼렛이 지금 당장 연구에 진전이 없어서 마음의 답답함을 느낀다고 하여도 어차피 스칼렛이 학파를 새로 세워 대마법사가 된다는 것은 이미 보장되어 있는 미래다. 이성민과는 다르게 스칼렛은 결국 대마법사가 되는 것이다.

"잘되실 겁니다."

"알지도 못하면서. 그보다, 백소고…… 그 계집애랑은 같이 안 나온 거야?"

"네, 사저는 저보다 1년 먼저 산을 나왔습니다."

"걔도 참 독해. 거의 3년 동안 있었던 거잖아? 너도 마찬가지고. 나는 거기서 며칠만 더 있으면 미쳐 버릴 것 같아서 나왔는데 말이야."

"독비준 님과는 헤어지신 겁니까?"

"그 할배랑은 베헨게르에 도착하자마자 헤어졌어. 여행을 떠날 건데 같이 갈 거냐고 물어서 혼자나 가시라고 대답해 드렸지."

스칼렛은 그렇게 대답하고선 풋 웃었다.

"그래도 뭐, 오랜만에 아는 사람 만나니까 좋네. 최근에는 연구한답시고 사람이랑 이야기도 잘 안 하고 있었거든. 애초에 내 성격이 지랄 맞아서 주변에 말 거는 사람도 적었고."

또다.

"다음에 한가할 때 놀러 와. 차 정도는 줄 테니까."

또.

마법사 길드를 나서면서 이성민은 복잡한 기분을 느낄 수밖에 없었다. 스칼렛이 했던 말을 단순한 친분으로 치부하기에는 네블이 했던 말이 마음에 걸렸기 때문이다.

그것은 또, 김종현이 보였던 묘한 반응과 뒤섞였다.

'대체 뭐야?'

당신의 목숨은 당신의 것이 아닐지도 모릅니다.

그 의미를 알 수 없는 말이 머릿속을 맴돈다.

그게 대체 뭔 개소리냐 말인가.

다른 누구도 아니고 이성민의 목숨이다. 이성민의 것이 아니라면 대체 누구의 것이란 말인가.

용병 길드에 들러 베른에게 김종현과 나눈 이야기를 보고한 뒤에 이성민은 자신의 집으로 돌아왔다.

창법이라도 수행할 생각이었는데 마음이 복잡하고 머리가 무거워서 창법에 집중할 수가 없었다.

결국 이성민은 창을 내려놓고서 방에 틀어박혀 가부좌를 틀었다. 복잡한 기분을 떨쳐 내기 위해 자하신공을 운용했다. 그러나 그것도 잘되지가 않았다.

김종현이 했던 말, 므쉬가 했던 말. 의미를 알 수 없는, 이유를 알 수 없는 그 말들이 맞물린다.

돌아온 것에 이유가 있다고 했었다. 우연은 없다고 했었다.

이상할 정도로 좋았던 운.

우연이 아니라면 이성민이 덕을 보았던 운은?

다른 이들과의 인연은?

이 목숨은, 지금 이곳에 있고 생각하고 있는 이성민의 목숨은 대체 누구의 것이란 말인가.

꼬리에 꼬리를 무는 생각을 간신히 끝냈을 때는 이미 밤이 되어 있었다.

몸을 일으킨 이성민은 한숨을 내쉬면서 지끈거리는 관자놀이를 꾹 눌렀다.

"……필요 없어."

이성민은 그렇게 내뱉고서 발을 질질 끌며 저택 밖으로 나왔다. 잡초가 무성한 정원에 선 이성민은 던져두었던 창을 쥐었다.

신경 쓰고 싶지 않았다. 그런 생각과 고민과 의심을 한다고 해서 이성민은 답을 낼 수 없고, 다른 누군가가 이성민에게 그것이 정답이라고 말해주지도 않는다.

결국 무의미한 의심과 고민이다. 하기에 이성민은 그것을 생각하는 것을 포기했다.

무시했다.

무공은 다르다, 무공은.

창은, 저 모호한 의문들과는 다르게 이성민에게 확실한 답을 보여주고 있었다.

마음이 편해졌다.

이성민은 한참을 창을 휘둘렀다.

란나찰과 구천무극창.

그것 역시 누군가가 이성민에게 정답이라고 말해주지 않았으나, 이성민 스스로 자신이 펼치고 있는 창이 정답에 가깝다는 것을 알았다.

하지만 완전한 정답은 아니었다. 이성민이 추구하는 것은 그것이었다.

백소고를 구하고, 위지호연을 뛰어넘고.

그것들과 같은, 그 이전에 해야 할 목표.

이성민이 창을 내려놓았을 때는 이미 아침이 되어 있었다.

땀에 흠뻑 젖은 이성민은 피로함보다는 개운함을 느꼈다. 그러고 보니 밥도 먹지 않았다는 것을 뒤늦게 깨달은 이성민이 겸연쩍은 미소를 흘렸다.

"이러니 몸이 안 크지."

이성민은 투덜거리면서 집 안으로 들어갔다.

2장
변수

이성민은 자신이 해야 할 일을 정리했다.

우선 가장 가까운 것은 앞으로 반년 뒤에 있을 흑마법사 던전 토벌에 참가하는 것이다. 거기서 마갑을 얻는 것이 목적이고, 상황이 허락된다면 마갑 외에 다른 아티팩트들도 챙기고 싶었다.

그다음으로는 당장 급하게 처리할 일은 없다. 베헨게르라는 도시에 남아 있을 이유도 없기 때문에 베헨게르를 떠날 생각이었다.

이성민이 해야 할 일 중에서 가장 중요한 것은 앞으로 6년 뒤에 있을 백소고의 죽음을 막는 것이다.

그렇다면 미리 이성민이 던전을 공략하면 되는 것이 아닐까?

던전의 가치가 사라진다면 백소고나 위지호연이 던전으로 향하는 일도 없을 것이다.

하지만 그것은 불가능하다. 인공적으로 만들어진 것이 아닌 진짜 '던전'은 자연재해와 같은 것이다. 그것들은 갑작스레 만들어진다.

그렇게 만들어진 던전은 당장 발견되지 않고 나중에 발견되는 경우도 있지만, 6년 뒤의 던전은 아니다. 그 던전은 6년 뒤에 만들어지고 근처의 모험가들에게 발견된다.

그들은 던전을 토벌하는 것보다는 던전에 대한 정보를 팔아넘기는 것을 택했고, 그렇게 던전에 대한 소문이 만들어졌다. 즉, 지금 이성민이 던전의 위치로 향한다고 해봐야 던전을 미리 토벌하는 것은 불가능하단 말이다.

게다가 이성민은 그 던전의 자세한 위치도 알고 있지 못했다. 대충 어디쯤에 있다는 것은 알고 있지만 그 넓은 지역을 수색하는 것만으로도 긴 시간이 필요할 것이다.

'위지호연과 재회하게 될지도.'

약속한 것은 10년 후. 하지만 백소고의 죽음을 막는 과정에서 위지호연과 재회하게 될지도 모른다.

그것을 기뻐해야 하는 것일까.

몇 번인가 품었던 의문이었지만, 그 의문에 대해 이성민은 씁쓸한 기분밖에 느낄 수가 없었다.

왜 위지호연이 백소고를 죽인 것일까.

백소고뿐만이 아니다. 그 던전에 들어갔던 모든 이가 위지호연에게 죽었다.

대체 왜.

그럴 만한 이유는 있었을 것이라고 생각한다.

이성민이 아는 위지호연은.

'내가 아는 위지호연은.'

이미지에 혼선이 온다. 치직 하고 머릿속에 노이즈가 끼는 기분이다.

므쉬의 산에서 들었던 매미의 소리, 그 듣기 싫은 잡음이 귓가에 맴돌았다.

이성민은 귀를 틀어막았다.

네블이 했던 말, 김종현이 했던 말. 그 모든 것이 마음을 혼란스럽게 만든다.

이성민이 아는 위지호연, 이성민이 아는 백소고. 이성민이 아는, 이성민이 만났던 모든 사람. 이성민에게 호의를 주었던 사람들.

그들의 호의에 의심을 품었던 적은 있었다. 하지만 납득은 했다. 그들의 호의에는 그들 나름대로의 이유가 있었기 때문이다.

……정말로 그런가? 그들의 호의가 정말로 이유 있는 호의

였는가?

우연은 없다.

므쉬가 했던 말.

목숨. 이성민의 목숨.

대체 누구의 것인가.

"아."

정신이 혼탁해진다. 이성민은 자리에 주저앉았다.

왜 과거로 돌아온 것일까. 단순한 우연이었을 텐데. 그 던전에 들어간 것도 우연, 전생의 돌을 잡은 것도 우연. 그래, 그것이 전부다.

우연이 없다고 므쉬는 말했지만…… 이성민은 그 말을 도저히 납득할 수가 없었다. 우연이 아니면 대체 무엇이란 말인가.

'시간의 신.'

데니르. 드리무어에 은거하고 있는 시간의 신.

므쉬는 데니르를 찾아가라고 했었다. 데니르와 만나게 되어 무엇을 얻는지는 전적으로 이성민에게 달려 있다는 말과 함께.

데니르라면 이성민의 의문에 대해 답해줄 수 있을까.

김종현은 대답해 주지 못했다. 그는 무언가를 알고 있는 것 같았으나 자세한 것은 알려줄 수가 없다고 했다. 강제적이고 공격적인 무언가가 이성민이 가진 의문에 깊이 얽혀 있다.

므쉬조차 답해주지 않았다. 답해줄 수 없는 것 같았다.

인간이 대답하지 못하고, 신이 대답해 주지 못한 것인데, 과연 데니르라고 해서 대답해 줄 수 있을까.

마음은 이미 드리무어로 향하고 있었지만 이성민은 당장 드리무어로 떠날 수가 없었다.

드리무어는 너무 먼 곳에 있는 도시였다. 베헨게르에서 드리무어까지 가려면 말을 타도 한 달은 넘게 걸릴 것이다.

왕복하는 시간에, 그리고 데니르와 만나 어떤 일을 겪을지도 모르는데 무턱대고 드리무어로 떠날 수는 없었다. 그러니 우선 마갑을 얻는 것에 주력할 생각이었다.

"오랜만입니다."

부름에 응답하여 나타난 네블이 머리를 꾸벅 숙였다. 일주일 동안 이성민은 네블을 부르지 않았다.

에레브리사에서 수주할 수 있는 의뢰를 확인하는 것보다는 마음속의 미혹을 떨쳐 내는 것이 급하다고 여겼기 때문이었다.

"의뢰를 확인하고 싶습니다."

"이미 정리해 두었습니다."

이성민의 말에 네블이 손을 들어 올렸다. 허공을 몇 번 두드리자 네블의 앞에 반투명한 창이 나타났다.

저것도 마법인 것일까.

이성민은 네블이 보는 창을 보면서 작은 의문을 품었다.

"S급 의뢰는 다양합니다. 특별히 선호하시는 의뢰는 있습니까?"

"혼자서 할 수 있는 것. 오래 걸리지 않는 것이 좋습니다. 그리고 기왕이면 이곳에서 그리 멀지 않은 곳에서 할 수 있는 의뢰가 좋겠군요."

"혼자서 할 수 있고 오래 걸리지 않는 것이라면 토벌 의뢰가 대부분입니다만."

"상관은 없습니다."

"흠…… 베헨게르 근처의 토벌 의뢰는 그리 많지 않습니다. 이성민 님도 아시겠지만, 베헨게르 쪽의 의뢰는 이곳에서 활동하는 코로나 용병단이 대부분 잡고 있어서요."

네블이 머리를 긁적거리면서 대답했다.

"저희 쪽에서 연결해 드리는 의뢰는 기본적으로는 용병 길드와 공유되어 있습니다. 물론 모든 의뢰가 그런 것은 아닙니다. 저희의 회원이나 그들을 통해 연결된 극비 의뢰 같은 경우에는 길드에 공개되어 있지 않지요. 하지만 그런 의뢰들은 S급 정도로는 수주가 불가능합니다."

"그렇습니까?"

"예, 무리해서 수주해 드릴 수는 있습니다만…… 이성민 님

정도의 실력이라면 높은 확률로 죽게 될 겁니다."

이성민은 네블의 평가에 반론하지는 않았다. 비록 이성민이 오우거 키메라를 단독 토벌하여 SS급의 실력을 갖추었다고는 해도, 극비 의뢰라는 것은 그만큼 위험한 의뢰들이다. 이성민은 굳이 위험한 의뢰를 택할 마음이 없었다.

"어디 보자…… 조건에 맞는 의뢰가 하나 있군요."

목록을 쭉 훑어 내리던 네블이 의뢰를 하나 골라 이성민에게 보여주었다. 베헨게르에서 조금 떨어진 곳이기는 했지만, 말을 타고 이틀이면 도착하는 마을이었다.

"코로나 용병단이 고른 의뢰는 아닙니다. 트윈 헤드 트롤. 알고 계십니까?"

"모릅니다."

이성민이 대답했다.

트롤은 오우거와 비슷하기는 하지만 여러모로 오우거의 하위 호환이라 불리는 몬스터다. 지능도 떨어지고 근력도 떨어진다.

하지만 트롤이 오우거보다 압도적으로 우월하다고 할 수 있는 점은 강력한 재생력과 마법에 대한 면역력이다. 트롤이라는 몬스터가 A급으로 랭크되는 것이 그런 특징 때문이다. 거기에 트윈 헤드라면 S급으로 치기에 부족함이 없는 괴물이었다.

"수주하시겠습니까? 의뢰금은 3,000만 에르입니다만."

"하겠습니다."

이성민은 머리를 끄덕거렸다.

"트윈 헤드 트롤을 잡았다지?"

베헨게르 용병 길드에 들어왔을 때, 루드가 말을 걸었다.

오우거 키메라 토벌 이후로 루드와 만나는 것은 이번이 처음이었다. 이성민은 자신을 빤히 보는 루드의 시선을 받으며 머리를 끄덕거렸다.

"예."

"길드를 거쳐서 의뢰를 받은 것이 아니던데? 뭐…… 다른 의뢰처라도 있는 거냐?"

"……그에 대해서 대답해 드리는 것은 좀."

이성민은 쓰게 웃으면서 말했다. 그 말에 루드가 어깨를 으쓱거렸다.

"뭐, 꼭 길드에서 의뢰를 받으란 법은 없으니까 말이야. 능력 좋으면 발로 뛰어서 의뢰를 딸 수도 있는 법이고. 그보다…… 얘기 들었다. 제온의 스카우트를 거절했다면서?"

이성민이 떠든 것은 아니다. 베른이 말한 것 같지도 않았고. 그렇다면 제온이 말한 것일까?

이성민은 루드의 곁에 앉으면서 머리를 끄덕거렸다.

"어디서 들으셨습니까?"

"제온이 말했어. 너를 스카우트하려고 했는데 거절했다고 말이야. 덕분에 다른 용병들이 너를 주목하고 있지."

그렇게 말한 루드가 낄낄거리면서 웃었다.

"아니, 꼭 그렇지도 않나. 네가 처음 이 용병 길드에 와서 검기를 펼쳤을 때부터 어지간한 놈들은 너를 주목하고 있었지. 네가 노 클래스라서 더더욱."

이성민은 반응하지 않았다. 주목받고 있다는 것쯤은 알고 있다. 특히 이성민을 주목하고 있는 것은 노 클래스들이었다. 그들은 대부분 낮은 등급이었는데, 노 클래스이면서 절정의 벽을 넘은 이성민을 동경하고 질투하고 있었다.

그런 시선은 이성민도 굉장히 익숙했다. 전생에서 제온이 있는 코로나 길드에 들어갔을 때, 이성민도 똑같은 마음이었기 때문이었다.

"제온과는 거리를 둬라."

루드의 목소리가 낮아졌다. 바 테이블 너머에는 언제나 있던 베른이 보이지 않았다.

"제온은…… 그 뭐냐…… 속이 검은 놈이야. 의심이 많지. 자기편도 믿지 않아. 제온의 길드에 소속되어 있는 A급 이상의 용병은 모두가 제온에게 통제되고 있어."

"……저도 압니다. 제온을 믿지 않아요. 그래서 거절한 것이고."

"덕분에 제온의 심기가 꽤 불편할 거야."

루드는 그렇게 중얼거리면서 술잔에 채워져 있던 술을 쭉 들이켰다.

"제온과는 싸우지 않는 것이 좋아. 그냥…… 적당히 숙이고 있는 편이 마음 편해."

"왜 나한테 그런 말을 해주는 겁니까?"

루드의 이야기를 가만히 듣고 있던 이성민이 루드를 힐긋 보면서 물었다. 그 질문에 루드가 눈을 깜박거렸다.

"내가 괜한 참견을 한다고 보는 거냐?"

"아뇨, 그건 아닙니다. 저를 걱정해서 하는 말은 고맙습니다만. ……당신은 믿어도 되는 사람이라는 겁니까?"

"그건 네가 판단해야지."

루드가 심드렁한 얼굴로 말했다.

"하지만 이건 맹세할 수 있어. 나는 너를 딱히 싫어하지는 않아."

"그렇다면?"

"그렇다면은 뭐가 그렇다면이야. 내가 널 사랑하기라도 했으면 좋겠냐? 미안하지만 나는 그런 취향은 없어."

루드가 투덜거리면서 잔을 흔들었다.

"나는 제온이 싫거든. 몇 년 전에…… 그러니까, 내가 아직 A급이었던 시절에 말이야. 제온에게 스카우트를 당한 적이 있는데, 내 밥줄을 알려달라고 하기에 거절했거든. 그 후로 꽤 고생을 많이 했지."

"……밥줄이라면?"

"난 정령술사다."

루드가 대답했다. 그것은 이성민도 알고 있었다. 루드는 검을 사용하지만, 그렇다고 무공을 쓰는 것은 아니다. 대신에 루드가 사용하는 것은 정령술이다. 정령술사는 에리아에서도 굉장히 드문 직업이다.

"제온이 그러더군. 정령과의 계약에서 내가 한 약속을 말하라고. 금제가 뭔지는 아냐?"

"……아뇨, 모릅니다."

"정령술이라는 것은 말이야. 그러니까…… 다른 세계의 정령과 계약하는 것이지. 그 계약에서 술사는 정령에게 무언가를 약속당해야 해. 그리 대단한 것은 아닌데…… 술사가 약속을 어기게 된다면 정령과의 계약이 파기된다."

그렇게 말하고서 루드는 미간을 찡그렸다.

"개새끼가. 정령술사한테 그런 걸 물어보고 지랄이야. 그래서 절대 안 된다고 했지. 그 뒤로…… 내가 고생을 좀 많이 했어. 너도 알다시피 베헨게르 용병 길드로 들어오는 대부분의 의뢰는 코로나 용병단이 꽉 잡고 있거든. 나한테 의뢰가 돌아오지 않게 되었지. A급 용병은 많으니까.”

“……그래서?”

“베헨게르를 떠나 다른 도시에서 S급을 땄다. 그리고 돌아왔지. 제온, 그 개새끼한테 복수하려고. 그런데…… 내가 돌아오니까. 그 새끼는 SS급이 되어 있더라. 니미.”

루드는 그렇게 말하면서 낄낄 웃었다.

“뭐, 넌 S급이니까 제온도 함부로 건드리기는 힘들겠지. 그래도 조심은 해. 제온 그 새끼는 참 개 같은 게…… 자기 사람도 못 믿으면서 자기 사람이 아닌 놈한테는 아주 엿같이 굴어.”

제온이 그런 사람이라는 이야기는 들어본 적이 없었다. 전생에 이성민은 이런 이야기에 휘말리기에는 너무 작은 존재였다.

“알겠습니다.”

하지만 지금 생에서는 다르다. 그럼에도 이성민은 조금의 씁쓸함을 느꼈다. 동경했던 인물이 추악함을 알게 된 것 같아서.

루드의 경고와 조언이 단순한 기우였다는 듯이, 제온은 이성민에게 직접적으로 위해를 끼치거나 압박을 넣지는 않았다. 하지만 이성민은 마음을 완전히 놓지는 않았다. 경계심을 품어 딱히 손해 볼 것은 없었기 때문이다.

이성민이 베헨게르 용병 길드에서 S급 용병이 되고 석 달이 흘렀다.

그동안 이성민은 에레브리사를 통해 세 개의 의뢰를 수행했다. 이성민이 수행할 수 있는 의뢰는 한계가 있었기 때문에 그보다 많은 의뢰는 수행할 수가 없었다.

지갑 사정이 넉넉해지자 이성민은 셀게루스에게 추가금을 지불했다. 본래 이성민이 의뢰금으로 주었던 돈은 2,700만 에르였지만 웃돈을 더 얹어 6,000만 에르를 채워주었다.

그리고 남은 돈으로는 에레브리사에서 영약을 구입했다.

이성민이 구입한 영약은 무궁단(無窮丹)이었다. 제온이 보여주었던 소환단이나 대환단과는 비교가 힘들었지만, 제나비스의 콜로세움에서 우승 상품으로 받았던 성령단과는 비슷한 급의 영약이었다.

그런 영약의 가격도 몇천만 에르는 호가했기에 의뢰를 수행하여 벌었던 돈을 죄다 써버렸다.

후회는 없었다. 추가적인 무공을 익히는 것보다는 현재 익히고 있는 무공을 완전히 익히는 것이 지금의 이성민에게는 더욱 중요한 일이었다. 그 과정에서 내공은 반드시 필요했다.

이성민은 벽을 느끼고 있었다. 단전에는 내공이 충만했다. 무궁단을 복용해 내공이 증진하기는 하였지만, 단순히 내공이 많은 것으로 벽을 넘거나 부수는 것은 지금으로서의 이성민에게는 불가능했다.

내공만으로 벽을 강제로 부수기 위해서는 이보다 몇 배의 내공이 필요했고, 대환단을 복용한다고 해서 벽을 부술 수 있으리라는 보장은 없었다.

벽.

자하신공을 운용할 때도, 구천무극창을 펼칠 때도, 무영탈혼을 펼칠 때도 이성민은 확실한 벽의 존재를 느꼈다. 그것은 뛰어넘기에는 너무 높았고 부수기에는 너무 단단했다.

므쉬의 산에서는 수행을 해갈수록 확실한 성장치가 주어졌으나, 므쉬의 산을 나온 이상 그런 성장 보정은 얻을 수가 없었다.

현재 이성민이 가지고 있는 성장 보정은 노 클래스와 하급 무골뿐. 거기에 노력을 더한다고 해봐야 무공의 수준은 거의 높아지지 않았다.

여전히 무영탈혼은 5성, 자하신공과 구천무극창은 6성이었다.

산을 내려오고서 석 달이 흘렀음에도 발전은 없었다. 익숙해졌다고는 할 수 있었으나 그 이상의 것은 얻지 못했다.

마갑이 필요하다. 마갑을 얻게 된다면 벽을 넘게 될지도 모른다. 삼류 정도의 실력을 가졌던 용병이 마갑을 얻어 절정의 벽을 넘었다.

그렇기에 이성민은 마갑을 갈망했다. 이미 절정고수인 이성민이 마갑을 얻게 된다면, 어쩌면 초절정의 벽을 넘게 될지도 모른다.

물론 어디까지나 희망 사항일 뿐이었다.

"생각보다 오래 걸렸어."

두 달 만에 본 셀게루스는 조금 초췌해 보였다. 그녀는 지난번에 보았을 때와 마찬가지로 지저분한 앞치마를 몸에 두르고 커다란 장갑을 끼고 있었다.

이성민은 셀게루스를 향해 살짝 머리를 끄덕거렸다.

"괜찮습니다. 무기가 급했던 것은 아니니까요."

"네가 중간에 추가금을 얹어서 말이야. 덕분에 예정보다 오래 걸린 거야."

셀게루스는 그렇게 투덜거리면서 몸을 숙였다. 그녀는 아래에 두었던 기다란 창을 들어 올렸다.

"이름은 붙이지 않았어."

셀게루스가 말했다.

"나는 작명 센스가 좋지 않은 편이라서 말이야. 그리고 무기에 이름을 붙이는 것도 조금 우습다 생각하거든. 결국 무기라는 것은 그렇게 쓰일 수만 있으면 되는 거잖아."

이성민은 셀게루스의 말에 집중할 수가 없었다. 셀게루스가 들어서 보여준 창에 시선을 빼앗긴 탓이었다.

그것은…… 무기라고 하기에 충분한, 아니, 무기라는 말 외에 다른 무엇이라고 할 수가 없을 정도로 무기다운 무기였다.

정확히 말하자면 무기가 아닌 창.

길이는 3미터 정도 되었고, 일직선으로 뻗은 창간은 재질을 알 수 없는 검은 금속제로 번들거렸다. 붉은 창영은 길고 풍성했고, 창준은 끄트머리가 날카로워 그 자체로도 무기로 쓰기에 충분해 보였다.

특히나 이성민을 매혹시킨 것은 날카롭게 벼려진 창두였다. 양날의 창두는 찌르고 찍을 뿐만 아니라 베는 것으로도 쓸 수 있을 정도로 길었다.

전체적으로 어두운 색이었지만 이성민은 그러한 색이 더욱 마음에 들었다. 화려함보다는 무기로서의 실용성만을 따져 만든 창이라는 생각이 들었다.

그리 많은 무기를 접해보지 않고 좋은 무기를 잡아본 적이 없는 이성민이었지만, 셀게루스가 만든 창은 이성민의 마음을 매혹시키기에 충분했다.

"주 금속은 미스릴을 썼어."

타악.

셀게루스가 양손으로 창을 잡았다.

"마나…… 그러니까, 기를 잘 받아들이는 금속이야. 기를 불어넣음에 따라 강도가 바뀌지. 검기나 검강을 쓰는 것도 부담이 덜할 거야. 그리고 자가 수복 마법을 인챈트해서 기만 불어넣는다면 어지간한 손상은 수복될 거야. 아예 부러진 경우는 이야기가 다르지만. 만약 그렇게 되면 나한테 가져와. 수리는 해줄 테니까."

"직접 휘둘러 보고 싶은데……."

"당연히 그래야지."

셀게루스가 머리를 끄덕거렸다. 셀게루스의 옆에서 네블이 모습을 드러냈다. 네블은 셀게루스에게 창을 건네받고서 다시 이성민의 옆으로 이동했다.

"여기 있습니다."

이성민은 양손으로 창을 받았다.

창을 잡고서 처음 느낀 것은 '가벼움'이었다. 3미터에 가까운 길이를 가지고 있음에도 창은 굉장히 가벼웠다.

그러면서도 무르다는 느낌은 들지 않았다. 이성민은 그 자리에서 창을 휘둘러 보았다. 양손으로 잡은 창간은 손에 착 감기는 것 같았고 휘두를 때마다 좋은 소리가 났다.

"마음에 들어?"

셀게루스가 물었다. 몇 번 더 창을 휘둘러 본 이성민이 머리를 끄덕거렸다.

"네."

이 이상의 무기를 잡아본 적이 없기 때문에 이성민은 이것보다 좋은 무기를 상상할 수가 없었다. 이성민의 대답에 셀게루스가 피식거리며 웃었다.

"마음에 든다니 다행이네. ……네가 펼친 창법의 움직임에 맞춰서 만든 창이니까 무공을 펼치는 것도 편할 거야. 뭐, 그건 네가 직접 확인해 봐야겠지만."

이성민은 시험 삼아 창에 내공을 불어넣어 보았다. 자색의 기가 창두를 감싼다. 기를 담는 것이 확실히 이전에 쓰던 싸구려 창보다 자유로웠다.

쉭!

즉석에서 펼친 찰이 허공을 꿰뚫었다. 창이 가볍기 때문인지 이전보다 빨랐고, 그렇다고 하여 위력이 부족하다는 느낌은 없었다.

"감사합니다."

"감사까지야. 돈을 받았으니 당연한 것인데."

셀게루스가 어깨를 으쓱거리며 대답했다. 이윽고 셀게루스가 모습을 감추었다.

이성민은 양손으로 잡은 창을 내려다보면서 희미한 미소를 지었다. 이성민 역시 스스로 작명 센스가 좋다고 생각하지는 않아서 이 창에 이름을 붙일 생각은 없었다.

"셀게루스 님이 정말 마음에 들어 하신 모양이군요."

네블이 웃으면서 말했다.

"그 창 말입니다. 심은 미스릴로 채워 넣고 바깥은 흑광철로 덮었어요. 모두 마나와 기에 민감한 금속이고, 굉장히 비쌉니다. 이성민 님이 셀게루스 님에게 의뢰금으로 6,000만 에르를 줬었었죠? 아마 그 대부분은 재료비로 소진되었을 겁니다."

"그렇습니까?"

"예, 사실상 재룟값만 받고 무상으로 만들어준 것이라 봐도 좋을 정도입니다. 그럼에도 그 정도의 완성도라니……. 본래 셀게루스 님은 저희 쪽 의뢰인을 그리 좋아하지 않는 분이신데."

이성민은 네블의 말을 들으면서 머리를 끄덕거렸다.

타인에게서 받는 이상할 정도의 호의. 그에 대해서는 이성민도 경계하고 있다. 하지만 그 호의의 정체를 알아내는 것은 불가능했다. 그렇기에 경계는 함에도 일단은 받아들이는 것을 택하고 있었다.

"그보다, 다음 의뢰를 받으시겠습니까?"

"아뇨, 오늘은 괜찮습니다."

오늘은 용병 길드에 가 볼 생각이었다. 에레브리사를 통해 의뢰를 수주하고, 제온을 경계하게 되면서 베헨게르 용병 길드 쪽은 그리 신경 쓰지 않았지만 슬슬 신경 써야 할 시기가 되었다.

이제 몇 달 뒤면 흑마법사의 던전이 발견될 것이다. 혹시 모를 정보를 수집하기 위해 용병 길드에 얼굴을 보일 필요성은 있었다.

"보기 드문 유명인이 오셨군."

용병 길드에 들어섰을 때, 바텐더 테이블 쪽에 서 있던 베른이 웃으면서 말을 걸었다.

이성민의 등장에 요란하게 떠들고 있던 1층의 용병들이 침묵했다. 불과 3개월 동안 이성민은 다양한 의뢰를 수행하면서 베헨게르 용병 길드의 유명인이 되었다. 트윈 헤드 트롤이 이성민에게 죽었고, 블랙 미노타우르와 리자드 킹도 이성민에게 죽었다. 모두가 S급을 상회하는 몬스터였다.

"SS급으로 올려달라고 독촉을 하러 왔나?"

다가오는 이성민을 향해 베른이 물었다. 그 말에 이성민은 쓰게 웃으면서 머리를 가로저었다.

"그런 것은 아닙니다. 그런데 오늘은 루드 님이 안 보이는군요."

"의뢰 때문에 조금 멀리 나가 있네. 오늘은 무슨 일로 왔나?"

"눈에 띄는 의뢰가 있나 한번 알아보러 왔습니다."

"있지."

이성민의 말에 베른이 기다렸다는 듯이 대답했다.

"던전이 발견되었네."

"……네?"

베른의 말에 이성민이 놀란 표정을 지었다. 갑작스러운 말이었기 때문이다. 이성민은 전생의 기억을 가지고 있다.

이 시기에서 이성민은 베헨게르에서 용병으로 활동하고 있었고, 이 시기의 기억은 흐릿하기는 해도 틀림없이 가지고 있다.

하지만 지금 시기에 던전이 발견되었다는 이야기는 들어본 적이 없다.

"왜, 석 달 전에. 자네가 잡았던 오우거 키메라가 있지 않나."

"……네."

이성민은 살짝 굳은 얼굴을 하고서 머리를 끄덕거렸다.

"아무래도 수상쩍어 그 근방을 수색하였는데, 3개월이 지난 지금에 와서야 꼬리를 잡았어. 던전이라고는 했지만 자연적으로 발생한 던전이 아닌 인공적인 던전이야. 그래, 흑마법사의 던전이지."

흐름이 바뀌었다.

이성민은 마른 침을 삼키며 베른의 얼굴을 바라보았다. 흑마법사의 던전. 본래의 흐름대로라면 앞으로 두세 달 뒤에 발견되어야 한다. 그런데 그 흐름이 바뀌어버렸다.

전생에서는 오우거 키메라가 발견되고 잡히지 않았으나, 이번에는 오우거 키메라가 잡히면서 본래의 흐름이 바뀌어버렸다.

"흔하지 않은 건수이다 보니까. 우리 길드에 소속되어 있는 용병들을 위주로 하여 자체적으로 토벌대를 꾸릴 생각인데. 정확한 토벌 날짜는 정하지 않았지만…… 어떤가? 자네도 참가하겠나?"

"……어떤 용병들이 지원했습니까?"

"제온. 코로나 용병단 전체가 가는 것은 아니지만 제온과 코로나 용병단에 소속된 S급 용병 셋과 A급 다섯이 토벌대에 참가하기로 했네."

이 역시 흐름이 바뀌었다. 전생에서 제온은 흑마법사 던전 토벌에 참가하지 않았다. 정확히 말하자면 참가할 수가 없었다. 그 시기에 제온은 용병단의 주력 멤버들과 함께 베헨게르에서 떨어진 곳에서의 의뢰를 수행하고 있었기 때문이다.

"……참가하겠습니다."

이성민은 아랫입술을 잘근 씹으며 머리를 끄덕거렸다. 변수가 생기기는 했지만, 마갑을 포기할 수는 없었다.

"오랜만이군요."

김종현은 여전히 마법사 길드의 지하, 자신의 공방에 있었다. 김종현은 문을 열고 들어오는 이성민을 향해 희미한 미소를 지었다.

방 안은 몇 달 전에 왔을 때와 크게 다를 것이 없었다. 다만 공중에 떠다니는 사체의 종류가 바뀌었을 뿐이다.

오우거 키메라에 대한 연구가 끝난 것일까. 떠다니는 사체는 다양한 몬스터의 것들이었다. 악취도 악취였지만 그리 보기 좋은 광경은 아니었다.

"무슨 일로 오신 겁니까?"

김종현이 의자를 끌어다가 앉았다. 처음 만남 이후로 이성민은 김종현을 찾아오지 않았다. 김종현이라는 인간 자체에게 그리 호감을 느끼지 않은 탓도 있었고, 김종현이 이성민에게 결정적인 무언가를 숨기고 있다는 것이 마음에 걸렸기 때문이었다. 비록 그 무언가가 김종현의 의사와는 다른 강제적인 금언이라고 할지라도.

"물어보고 싶은 것이 있습니다."

갑작스러운 방문에 이런 태도가 예의 없는 것이라는 것은 알았지만 그만큼 이성민의 마음은 급했다.

“무엇입니까? 아, 미리 말해두는데 지난번에 제가 대답하려 했으나 하지 못했던 것에 대한 대답은 드릴 수 없습니다. 말했듯이 그것은 제 바람과는 상관없는 것이라서. 저도 죽고 싶지는 않거든요.”

“그런 것을 묻기 위해 온 것은 아닙니다.”

“그렇다면 뭡니까? 아, 혹시 제가 당신의 인과율이 비틀어진 이유, 당신이 한 번 죽고 회귀한 존재라는 것을 다른 이에게 발설하였을까 추궁하러 온 것입니까?”

“그것도 아닙니다. 그때 당신은 마나에 대한 맹세를 하지 않았습니까.”

“그렇죠. 그것은 절대적인 맹세입니다. 마법사는 절대로 그 맹세를 어길 수가 없어요.”

김종현은 그렇게 대답하면서 쿡쿡거리며 웃었다.

이성민은 멀지 않은 곳에 앉아 있는 김종현의 얼굴을 물끄러미 보았다.

이성민이 김종현에게 호감을 느끼지 못하는 이유는 간단했다. 스칼렛과는 석 달 전에 만남 이후로 곧잘 만났었는데, 스칼렛에게 김종현이 어떤 사람인지 제법 자세히 들었기 때문이다.

김종현은 흑마법사다. 에리아에 이계인으로 소환된 것이 언제인지는 모르겠지만 김종현이라는 존재는 베헨게르의 마법사 길드에서도 굉장히 이단적이고 특별하게 취급되고 있었다.

김종현은 베헨게르에서 벌써 10년 가까이 살아가고 있었으나, 10년 동안 김종현은 조금도 늙지 않았다. 스칼렛은 김종현의 나이도 제대로 알지 못하고 있었다.

거기에 김종현의 기행은 유명하다. 흑마법사인 그는 마법사 길드 내에서도 상당히 배척을 받고 있는데, 그것을 신경 쓰지 않고 어디선가 구해온 몬스터의 사체 따위를 방 안에 늘어놓으면서 뭔지 모를 연구에 매진하고 있다.

어디를 봐도 수상쩍은 인간이라, 이성민은 김종현과 가까이하고 싶은 마음이 없었다.

"흑마법사에 대해 알고 싶습니다."

그럼에도 김종현을 찾아온 것은, 이성민이 궁금해하고 있는 것에 대답해 줄 수 있는 사람이 김종현뿐이기 때문이다.

베른이나 스칼렛은 흑마법사가 아니다. 그들에게 흑마법사에 대해 물어봤자 제대로 된 대답은 들을 수 없을 것이다.

"흑마법사의 던전 토벌에 지원한 겁니까?"

김종현이 웃으면서 물었다. 그 말에 이성민이 놀란 표정을 짓자 김종현이 말을 이었다.

"뭐, 추리라고 할 것도 없지 않습니까. 베헨게르 용병 길드가 오우거 키메라의 존재를 통해 흑마법사를 추적하고 있던 것은 당연한 일이고…… 용병인 당신이 나에게 흑마법사에 관해 묻는다면 흑마법사의 던전이 발견되었다는 것이겠지요."

"……맞습니다. 흑마법사의 던전이 발견되었고, 나는 그 던전 토벌에 지원했습니다."

"그리 추천하고 싶지는 않군요."

김종현이 중얼거렸다. 김종현이 손을 까닥거리자 구석에 있던 찻잔이 둥실 떠올랐다. 김종현이 이성민을 힐긋 보자 이성민은 머리를 가로저었다. 결국 하나의 찻잔만이 김종현의 앞에 다가왔다.

"오우거 키메라의 사체에 대한 조사는 이미 끝냈습니다. 그건 굉장히 잘 만들어진 키메라였어요. 서로 다른 장기와 세포도 거부반응이 없었고. 애초에 오우거라는 몬스터를 생포하여 그렇게 조율하려면 대단한 마법 실력이 요구됩니다. 지난번에도 했던 말이지만…… 오우거 키메라를 만들어낸 흑마법사는 대단한 실력자입니다. 아마 대마법사라고 하기에 충분한 반열에 올라 있겠지요."

이 자리에 베른이 있었다면 말도 안 되는 소리를 하지 말라고 소리쳤을 것이다. 하지만 이성민은 반론하지 않고서 김종현의 말을 들었다.

"……그래서 추천하지 않는다는 겁니까?"

"아뇨, 흑마법사의 실력 때문에 그런 말을 한 것은 아닙니다. 상대가 '흑마법사'라서 이런 말을 한 것입니다."

"그게 무슨 뜻입니까."

"대마법사에 근접하거나 그 이상의 경지에 오른 흑마법사라면 당신의 존재를 꿰뚫어 볼 겁니다."

내가 그랬던 것처럼. 김종현이 중얼거렸다.

"흑마법이라는 것은…… 일반 마법과는 그 궤가 다릅니다. 근본 자체가 다르다고 할 수 있어요. 일반적인 마법은 대기 중에 있는 마나를 연료로 하여 술식을 통해 현상을 구현하는 겁니다. 쉽게 말하자면, 이겁니다. 자동차. 마나는 연료고 술식은 엔진입니다. 그리고 '의지'를 써서 액셀을 밟아 차가 달리게 만들지요. 설마 당신이 살았던 한국에 차가 없었던 것은 아니겠지요?"

"있었습니다. 무슨 말인지 이해했습니다."

"하지만 흑마법은 달라요. 물론 흑마법도 마나를 사용합니다만…… 마나, 술식, 의지. 일반적인 마법은 저 셋이 필요하지만, 흑마법은 다른 하나가 더 요구됩니다. 바로 영혼이죠."

"영혼?"

"이건 정령술과 비슷합니다. 정령술사는 정령과 계약하여 정령을 부리지요. 그 계약 과정에서 무언가를 약속하게 되고. 흑마법사는 자신의 영혼을 대가로 하여 마신(魔神)과 계약합니다."

"……마신……."

"물론 마신이라고 해도 하나의 존재가 아닙니다만. 엄밀히 말하자면 마신이라기보다는 마신에게 종속된 마왕과의 계약인데…… 뭐, 당신이 흑마법에 입문하는 것도 아니고 이걸 처음부터 설명할 필요는 없겠지요. 그러니까, 결론을 말하자면 이런 겁니다. 흑마법사는 자신의 영혼을 마신, 마왕과 계약하여 흑마법을 사용합니다. 그런 종류의 마법이기에 모든 흑마법사는 존재하지 않는 것과 보이지 않는 것을 볼 수 있는 '눈'을 갖고 있습니다. 바로 나처럼요."

김종현이 손을 들어 자신의 눈을 가리켰다.

"영혼은 흑마법사에게 있어서 아주 매력적인 소재입니다. 계약과 동시에 흑마법사는 영혼을 보는 눈을 갖게 되고, 가치 있는 영혼을 수집하여 계약한 마왕에게 바치거나…… 뭐, 이런저런 다양한 방법으로 사용하지요."

이성민은 입술을 꾹 다물었다. 김종현이 하는 이야기를 통해 이성민은 김종현이 무엇을 경고하려는지 알게 되었다.

"물론 모든 흑마법사가 당신의 존재를 꿰뚫어 볼 수 있는 것은 아닐 테지만…… 던전에 흑마법사가 남아 있고, 만약 그가 당신을 보게 된다면…… 후후! 나는 그를 모르지만, 그 정도의 실력을 가진 흑마법사라면 당신의 가치를 알아보겠지요. 그리고 아주 재미있는 일이 벌어질 겁니다. 네, 틀림없이 그렇게 될 겁니다. 그 흑마법사는 무슨 수를 쓰더라도 당신의 혼을 가지려 할 겁니다. 흑마법사의 그런 행동이 당신에게는 그리 즐겁게 받아들여지지 않겠지요."

"……당신은 어떻습니까?"

"나? 나 말입니까?"

이성민의 질문에 김종현은 무엇이 그리 우스웠는지 웃음을 터뜨렸다.

"나는 당신에게 욕심이 없습니다. 아, 이건 내가 일반적인 흑마법사와는 조금 다르기 때문이에요. 애초에 내가 익힌 흑마법은…… 에리아에 존재하는 모든 흑마법사와 비교해도 굉장히 이질적입니다. 이건 내가 있던 나라의, 그 웃기지도 않는 몬스터 사태를 통해 얻은 힘이라서요."

"뭐가 다르다는 겁니까?"

"나는 마왕이나 마신과 계약하지 않았습니다. 정확하게 말하자면 나와 계약한 마왕이 죽어버렸어요. 이건 굉장히 드문 경우인데…… 내가 계약한 마왕은 라그레스의 칼라드라라는 마왕이었는데, 갑자기 소멸했습니다. 강제적으로 계약이 파기되면서 칼라드라가 가지고 있던 흑마력의 일부가 나에게 양도되었어요."

김종현은 대수롭지 않다는 얼굴을 하고서 말했지만 그가 말하는 내용은 저런 표정으로 할 만한 이야기는 아니었다.

그의 말인즉, 김종현은 모든 흑마법사가 얽매인 마신과 마왕과의 계약에서 자유로운 존재가 되었으며 계약한 마왕이 가지고 있던 강대한 흑마력의 소유자가 되었다는 말이었다.

"그 과정에서 내 몸의 일부가 변해버렸습니다. 더 이상 늙지 않게 되었고. 내 눈은 영혼을 보는 것뿐만이 아니라 그보다 깊고 은밀한 것을 볼 수 있게 되었지요. 내가 당신의 존재를 읽어낼 수 있는 것은 그 덕분이고, 그렇기에 나는 당신의 혼에 욕심내지 않습니다. 하지만 다른 흑마법사들은 달라요. 그들은…… 욕심을 내겠죠."

이성민은 침묵했다. 저 말을 들은 것만으로도 김종현을 찾아온 가치는 있다고 생각한다.

영혼을 보는 눈을 가진 흑마법사들은 이성민이 인과율이 비틀어진 존재임을 볼 수 있다. 그렇기에 그들은 이성민의 혼을 욕심낸다.

거기서 이성민은 모순되는 무언가를 깨달았다. 이성민이 인과율이 비틀어진 존재임을 알았던 것은 므쉬와 에레브리사의 중개인들도 마찬가지였다.

하지만 그들도 이성민의 혼에게 조금의 욕심을 보였었다. 하지만 김종현은 욕심내지 않는다고 했다.

"당신의 그 눈, 신인 므쉬의 눈보다 더 성능이 좋은 겁니까?"

"성능이라! 재밌는 말이군요. 뭐…… 비교가 힘들지 않겠습니까? 인간인 나는 므쉬가 무엇을 보고 무엇을 알고 있는지 알 수가 없습니다. 하지만 이건 틀림없는 사실입니다. 나는 당신의 혼에 욕심은 없습니다. 흥미는 있어도."

김종현은 그렇게 말하면서 찻잔을 입가로 가져갔다.

"회귀자인 당신이 흑마법사의 던전에 가는 것은 그래야 할 만한 이유가 있기 때문이겠지요. 하지만 가지 않는 것이 좋을 겁니다. 위험할 테니까요."

"……흑마법사가 그 던전에 없다면?"

"그에 대한 확률은 반반 아니겠습니까? 뭐, 정상적으로 사고하는 흑마법사라면 토벌하러 온 용병 길드와 맞서는 것보다는 자리를 피하는 것을 택하겠지요."

"나를 도와줄 수 있습니까?"

이성민의 질문에 김종현이 웃는 소리를 냈다.

"그건 힘들 것 같군요. 저는 나서서 적을 만드는 성격이 아닙니다. 그리고 또…… 같은 길을 걷는 동지를 사냥하는 것을 돕고 싶지도 않고."

막을 생각은 없지만 말입니다.

김종현이 그렇게 덧붙였다.

김종현과의 대화를 끝내고서 이성민은 마법사 길드를 떠났다.

스칼렛에게 도와달라고 해볼까.

순간 그런 생각이 들었으나 이성민은 머리를 가로저었다. 스칼렛과 몇 번 만나면서 그녀와 친분을 쌓기는 하였지만 이런 부탁을 할 정도로 친해졌다는 생각은 들지 않았다.

게다가 아무 상관 없는 스칼렛에게 이런 일로 도움을 청하고 싶지도 않았다.

'어떻게 해야 하지?'

김종현의 말대로다. 확률은 반반이다. 3개월 정도 이르다고는 하나, 과연 그 던전에 흑마법사가 남아 있는가 없는가. 만약 예정대로 3개월 뒤에 던전이 발견되었다면 이성민은 이런 고민을 하지 않았을 것이다. 가 봤자 흑마법사가 없다는 것은 틀림없는 사실일 테니까.

하지만 지금은 다르다.

3개월. 이 변수가 어떻게 작용되는가. 위험을…… 감수해야 하는 것일까.

고민을 끝내는 것은 길지 않았다.

벽. 이성민이 마주하고 있는 벽. 그것은 너무 높고 단단하다.

마갑의 도움이 필요했다. 마갑이 정말로 도움이 될 것이라는 확신은 없었으나 지푸라기라도 잡아야만 했다.

그나마 다행인 것은 이 던전 토벌에 이성민 혼자 나서는 것은 아니라는 것이다. 길드장인 베른도 참가한다고 했고, 제온을 필두로 하여 다른 S급 용병들도 참가한다. 코로나 용병단이 아닌 다른 용병단 소속의 용병들도 참가할 것이다.

결국 이성민은 마음을 먹었다. 던전 토벌에 참가하기로.

토벌대는 빠르게 만들어졌다.

베헨게르 용병 길드 지부장인 베른이 직접 참가하고, 코로나 용병단의 단장인 제온까지 참가한 이 토벌 건수는 최근 몇 년 동안 베헨게르 용병 길드로 들어왔던 의뢰 중에서 제일이라고 해도 좋을 정도로 큰 건수였다.

지부장이 되면서 현역에서 물러서기는 했지만, 베른은 SS등급을 가진 용병이었다. 비록 벽을 넘지 못해 정체되어 있기는 하였지만, 긴 세월 용병으로서 활동해 온 베른의 경험과 실력은 무시받을 정도는 아니었다.

제온도 마찬가지다. 소림의 무학을 깊이 익힌 제온과 코로나 용병단의 S급 용병 셋과 A급 다섯이 참가했다. 그 외에도 다른 용병단에서 S급 용병 넷과 A급 10명이 토벌대에 참가했고, 자유 용병 중에서도 A급 둘이 참가했다.

그리고 이성민도.

토벌대의 구성에서 이성민은 전생과 확실하게 달라졌음을 느꼈다. B급 이하의 지원 용병은 없다. 전생에서 흑마법사 던전을 토벌했을 때에는 사실상 B급 이하의 용병이 주력이었다.

그런 토벌대가 꾸려졌던 이유는 던전이 그리 위험하지 않다고 판단되었기 때문이었다.

하지만 이번에는 경우가 달랐다. 오우거 키메라의 존재가 알려지면서 던전의 주인인 흑마법사가 굉장한 실력자라는 것이 알려져 버렸다. 그 때문에 어중이떠중이는 아예 토벌대에 지원하지 않았다.

이성민은 오히려 이쪽이 좋다고 생각했다. 흑마법사라는 위험성이 존재하는 이상, 토벌대의 전력이 강해질수록 좋은 일이다.

다만 걱정되는 것은 전력이 강해진 만큼 이성민이 독주하여 이득을 챙기는 것이 힘들어졌다는 것이었다.

'아냐, 그래도 마갑의 위치는 확실하게 기억하고 있어.'

이성민이 마갑을 손에 넣은 적은 없었지만, 마갑이 숨겨진 장소에 대해서는 기억하고 있다. 이 기억을 토대로 움직인다면 다른 이들보다 먼저 마갑을 손에 넣을 수 있을 것이다.

SS급 2명, S급 8명, A급 17명.

도합 27명으로 구성된 토벌대가 흑마법사의 던전으로 출발했다.

던전은 오우거 키메라가 목격되었던 마을에서 가까운 산에서 발견되었다.

열 대나 되는 마차가 용병들을 싣고 움직였다. 코로나 용병단은 자신들의 마차를 타고 이동했기에 이성민은 제온과 그들의 모습을 확인할 수가 없었다.

대신에 이성민은 베른과 자유 용병들과 같은 마차를 탔다. 이성민은 베른과 제법 친분을 쌓아둔 것을 다행이라고 생각했다.

그 친분이 이성민이 가진 기묘한 능력에 기인한 것인지 아닌지는 알 수 없었으나 친분은 호의를 부른다.

“베헨게르의 유명인과 이런 식으로 만나게 될지는 몰랐는데.”

이성민의 앞에 앉아 있는 자유 용병 중 하나가 중얼거렸다. 쩍 벌어진 어깨와 울퉁불퉁한 근육을 가진 거한이었다.

정철.

이성민도 기억하고 있는 이름이었다. 외공을 익힌 무림인으로서, 용병단에 소속되지 않은 A급 용병이었다.

“정말로. 생각했던 것보다 어리네요. 몇 살이죠?”

당미숙.

A급의 자유 용병이다. 무림에서 명가로 꼽히는 당가의 출신이라고는 하지만, 그녀가 정말로 당가의 출신인지 아닌지는 당미숙 본인 외에는 누구도 모르고 있다.

하지만 대부분의 사람들은 당미숙이 진짜 당가의 출신이 아닐 것이라 생각하고 있었다. 만약 그녀가 정말로 당가의 사람이라면 굳이 지저분한 용병 일을 할 필요가 없을 테니까.

다만, 그녀 스스로가 자신의 이름이 당미숙이며 당가의 출신이라고 말하고 다니고 암기를 사용하기 때문에 다들 그러려니 하고 있을 뿐이다.

“18살입니다.”

“노 클래스라던데……. 노 클래스로 절정의 벽을 넘는 것은 제온 같은 괴물뿐이라고 생각했었거늘. 역시 될 놈은 뭘 해도 되는 모양이야.”

정철이 큭큭거리며 중얼거렸다. 이성민은 그런 정철의 말에 딱히 반응을 보이지는 않았다. 이성민의 곁에 앉아 명상하고 있던 베른이 눈을 가늘게 떴다.

“쓸데없는 말 하지 말고 내공이나 돌리는 것이 어떠냐? 도착한 즉시 던전으로 돌입해야 할 텐데.”

“알고 있습니다. 흑마법사의 던전이라…… 아티팩트라도 하나 주우면 좋을 텐데.”

정철은 투덜거리면서 눈을 감았다. 당미숙도 더 이상 말을 걸지 않고 눈을 감고서 명상에 들어갔다.

이성민은 손을 쥐었다 펴면서 창밖을 힐긋 보았다.

아직 새벽이었다. 도착할 즈음에는 정오가 다 될 것이고,

그 즉시 던전에 돌입할 것이다.
이성민이 생각해야 하는 것은 흑마법사뿐만이 아니었다.
제온.
제온도 경계해야만 한다. 여태까지 3개월 동안 제온 쪽에서 뭔가를 보여주지는 않았지만 이번에도 그러리라는 보장은 없다.

'뭔가 이상하다'라는 것을 육감으로 느꼈을 때 이미 그것은 시작되었다.
던전이라는 것은 보통 자연재해와 같은 것이다. 예고 없이, 갑자기 나타난다. 그렇게 만들어진 던전은 인간이 예상할 수 없는 비상식의 결정체라고 할 수 있다.
하지만 이번 던전은 다르다. 이 던전은 '인간'이 만든 던전이며, 정확히 말하자면 던전이라기보다는 흑마법사가 자신의 거처를 숨기고 자신의 연구와 자기 자신을 보호하기 위해 만든 공방이라고 봐야 했다.
그것이 의미하는 바는 명확했다. 이 던전은 인간의 관점에서, 철저하게 다른 인간의 습격을 막아내기 위해 만들어져 있었다.

가장 먼저 죽은 것은 정철이었다. 외공의 고수인 정철은 절정의 벽은 넘지 못해 A급에 머무르고 있었으나 스스로 익힌 무공에 대한 자부심은 가득한 사내였다. 그는 앞장서서 걸었고, 자신의 몸이 단단하다는 것을 믿어 의심치 않았다.

그런 정철의 몸이 허무하게 찢겼다. 갑작스레 날아온 시커먼 화살이 정철의 가슴을 꿰뚫었다. 정철 수준의 무인에게 호신강기는 어불성설이었다.

외공으로 단련한 그의 몸뚱이는 빠르게 쏘아진 시커먼 화살에 관통되었고, 정철의 몸이 크게 휘청거렸다.

"뭐야?!"

누군가가 놀란 소리를 냈다. 정철이 아직 쓰러지기도 전이었다.

횃불 아래에 고여 있던 그림자가 일렁거리며 춤을 춘다. 그곳에서 솟구쳐 나온 무언가가 정철을 향해 뛰어들었다. 화살에 관통된 정철이 뭐라고 말을 하기도 전에.

정철의 몸이 무른 두부처럼 으깨졌다.

후두둑!

내장이 쏟아지고 피가 크게 튀었다.

육감의 경고를 들으면서 이성민은 급히 창을 꺼냈다. 흑광철과 미스릴로 만든 창이 어둠 속에서 빛을 발했다.

"정철!"

베른이 고함을 질렀다. 그는 스태프를 크게 휘두르면서 빛을 터뜨렸다. 백색의 빛이 횃불의 빛을 집어삼키고 동굴의 안쪽을 비추었다.

시커먼 갑각으로 몸을 덮은 몬스터가 정철의 시체 위에 올라 서 있었다. 그것은 사마귀를 닮은 모습이었으나 그 형태는 사마귀와는 비교도 안 될 정도로 흉측했다.

"키메라…… 인가?"

제온이 미간을 찡그리면서 중얼거렸다. 사마귀와 비슷한 외형을 가진 몬스터의 종류는 많지만, 저런 형태를 가진 몬스터는 제온의 기억에 없었다.

베른이 뻣뻣하게 굳은 얼굴을 하고서 머리를 끄덕거렸다.

"키메라가 지키고 있다는 것은, 아직 흑마법사가 남아 있다는 뜻인데……."

제온은 그렇게 말하면서 양손을 들었다. 백보신권의 고수인 제온은 무기를 사용하지 않는다. 그의 양 주먹, 그의 육체가 무기 그 자체였다.

베른이 만들어낸 빛의 구체는 천장 높은 곳에 떠서 동굴의 안쪽까지 밝혀주었다. 안쪽에는 괴상망측하고 다양한 모습을 한 키메라들이 우글거리고 있었다.

"입구부터 난관이군."

제온은 그렇게 중얼거리기는 했으나 크게 위험을 느끼지는 못한 얼굴이었다.

이성민은 베른의 곁에서 창을 들고서 상황을 지켜보았다.

정철을 죽인 키메라는 낫처럼 된 양팔을 들어 올리고서 제온을 향해 흔들었다. 마치 위협하는 것 같은 모양새였다.

"벌레 놈이."

제온은 그렇게 중얼거리면서 성큼성큼 앞으로 걸어 나갔다. 제온이 들어 올린 왼 주먹에서 금색의 빛이 번쩍였고, 제온이 주먹을 앞으로 내질렀다.

퍼어엉!

제온을 위협하던 키메라의 몸이 크게 뒤로 밀려났다. 보이지 않는 권격이 거리를 격하고 쏘아진다. 그것이 바로 소림의 백보신권이다. 백 보 밖의 적을 타격한다고 하여 백보신권인 것이다.

얻어맞아 뒤로 밀려나기는 하였지만 키메라는 죽지 않았다. 놈은 급히 자세를 추스르고서 제온을 향해 뛰어들었고, 제온은 그 즉시 오른 주먹을 앞으로 내질렀다.

퍼걱!

확실한 타격음이 단말마가 되어 키메라의 몸이 허물어졌다.

"갑시다."

제온이 내뱉었다. 갑작스러운 정철의 죽음에 당황했던 용병들은 제온의 선전에 자신감을 되찾았다.

S급 용병들이 앞으로 뛰어들었고 그 뒤를 A급 용병들이 따랐다. 베른은 뒤쪽에서 스태프를 들어 마법을 준비했고 이성민도 발을 움직였다.

움직일 때, 이성민은 시선을 느꼈다. 육감의 경고였다. 이성민은 시선이 느껴지는 방향을 힐긋 보았고, 그곳에는 제온이 있었다.

제온은 양손을 쥐었다 펴면서 이성민을 응시하고 있었다. 이성민은 무영탈혼을 펼치려다가 그만두었다. 대신에 그는 일뢰주법을 써서 앞으로 달려 나갔다.

제온에게 모든 것을 보여주어서는 안 된다.

그래야 한다고 생각했다.

오랜만에 펼친 일뢰주법이었지만 내공의 증진이 있었던 탓인지 이전과는 비교도 할 수 없는 속도를 보였다.

선두까지 나간 이성민은 창을 크게 휘둘렀다. 모든 것을 보여줄 생각은 없다. 무영탈혼을 숨겼듯이 이성민은 구천무극창도 숨길 생각이었다.

하지만 너무 숨겨서는 안 된다. 숨기고 있음을 눈치채게 두어서는 안 된다.

이성민은 추혼창법과 구천무극창을 적절하게 섞기로 생각했고, 당장은 창법을 보이는 것보다는 기본기 쪽에 치중했다.

찰.

일직선으로 쏘아진 창이 키메라의 머리를 꿰뚫었다. 저항감이 느껴지기는 했지만 오우거 키메라의 단단함과는 비교가 되지 않았다.

주변을 보니 다른 S급 용병과 A급 용병들도 분전하면서 키메라와 싸우고 있었다.

아직은 던전의 초입. 이곳을 지키는 키메라는 단순한 수문장일 뿐이다.

"머리 숙여라!"

뒤쪽에서 베른이 고함을 질렀다. 캐스팅이 끝난 모양이었다.

이성민은 즉시 몸을 뒤로 빼면서 머리를 낮추었고 다른 용병들도 그렇게 했다.

아군의 마법에 휘말려 죽는 것. 그보다 우스운 개죽음은 없을 것이다.

콰아아아!

시뻘건 불꽃이 쏘아졌다. 쏘아진 불꽃은 동굴의 벽을 휘감으면서 키메라들을 집어삼켰다. 불꽃 속에서 키메라들이 몸을 떨었다.

한참을 쏘아진 불꽃이 사라졌을 때, 키메라들은 더 이상 남아 있지 않았다. 대마법사에 근접해 있는 마법사의 화력이 수

십의 키메라를 전멸시켜 버린 것이다.

"무리하기는."

제온이 이죽거렸지만 베른은 내색하지 않았다. 베른은 크게 숨을 내뱉고서 눌러쓰고 있던 로브의 모자를 뒤로 넘겼다.

"흑마법사가 아직 남아 있는 모양이지만 크게 걱정할 것은 없다! 가자!"

베른의 외침에 제온은 어깨를 으쓱거리면서 코로나 용병단을 데리고서 앞으로 향했다. 다른 용병단 출신의 용병들도 제들끼리 모였고 이성민은 베른의 곁으로 다가왔다. 자유 용병인 당미숙도 재빨리 이성민과 베른 쪽에 붙었다.

"시체는 어떻게 할까요?"

"……나중에 수습하도록 하지."

베른은 정철의 시체를 보지 않고서 대답했다.

정철은 운이 없었다. 그래서 죽었을 뿐이다.

죽음이라는 것은 대개 그렇다.

3장
던전

무언가가 잘못되어도 한참은 잘못되었다. 모두가 그것을 깨닫기에는 그리 오랜 시간이 걸리지 않았다.

동굴 초입의 키메라들은 어디까지나 문지기였을 뿐이었고, 그들의 존재가 이 던전이 가진 위험의 끝은 아니었다. 오히려 한참이나 못했다.

정철의 죽음은 운이 없는, 대부분 그러한 갑작스러운 죽음이었다.

차라리 그 빠른 죽음이 낫지 않았을까. 갑작스러운 만큼 공포도 고통도 덜했을 테니까.

시커먼 어둠 속에서 비명이 울린다. 무언가가 부딪히고, 깨지고, 쓰러지고, 쏟아지는 소리. 그 소리의 말미는 대개 비명이었고 역한 피비린내와 울음을 동반했다. 마법으로 인한 빛이나 횃불로도 어둠을 물리칠 수가 없었다.

'검은 안개'.

마법이 발현되기 직전에 베른이 외쳤던 말을 떠올린다. 이성민은 검은 안개라는 마법이 당최 어떤 위력을 가지고 있는 것인지 알지 못했다. 하지만 이제는 알게 되었다.

이 안개는…… 시야를 가린다. 어둠 속에서의 습격. 방향감각이 뒤엉켜서 다른 용병들이 어디에 있는 것인지도 파악이 잘되지 않는다.

이성민은 호흡을 가다듬으면서 창을 잡은 손에 힘을 주었다. 어둠 속에서 창을 휘두르는 것은 이성민에게는 익숙했다. 산에서 단련한 육감은 시야가 차단된 지금 같은 상황에서도 이성민을 움직이게끔 해주었다. 이성민은 보이지 않는 곳에서 들어오는 몬스터의 공격을 반사적으로 피했다.

그것이 몬스터인지, 아니면 키메라인지, 어쩌면…… 이성민과 같은 처지의 용병일지도 모른다.

그렇다고 하여 망설임과 손속의 자비를 가질 수는 없었다. 보이지는 않았으나, 이성민은 손에서 느껴지는 감각으로 상대의 몸을 꿰뚫었음을 직감했다.

숨을 내뱉으면서 창을 뽑았을 때, 휘청거리는 떨림과 쓰러지는 소리를 느꼈다.

그렇게 몇 번이나 창을 휘두르고, 찌르고, 몸을 움직이며 피했던가.

번쩍하는 빛과 함께 어둠이 사라졌다. 검은 안개를 디스펠하는 것에 생각보다 많은 시간이 소모되었다.

베른은 숨을 몰아쉬다가 드러난 참상을 보고 얼굴을 일그러뜨렸다. 실드 마법으로 버티면서 디스펠을 펼치기는 했지만…… 검은 안개가 목적에 걸맞은 성과를 내버린 후였다.

바닥에는 용병들과 몬스터의 사체가 뒤엉켜 있었다.

"피해가 너무 큰데."

제온이 내뱉었다. 그렇게 말하는 주제에 제온과 코로나 용병단은 아무런 피해도 입지 않은 모습이었다.

"그럼 물러날까?"

"이미 피해를 입었는데 물러서는 것은 오히려 손해 아니겠나?"

베른이 신경질적으로 뱉은 질문에 제온이 어깨를 으쓱거렸다.

용병 측의 피해는 이미 열 명이 넘었다. 검은 안개 때문에 코로나 용병단을 제외한 다른 용병단의 A급 용병이 전멸해버렸다. 이제 남은 용병은 SS급인 베른과 제온, S급이 이성민을 포함해서 8명. 그리고 A급은 자유 용병인 당미숙밖에 남지 않았다.

"저, 저는……."

주저앉아 있던 당미숙이 하얗게 질린 얼굴로 말을 더듬었다. 거듭해서 겪은 참상에 당미숙의 마음은 이미 꺾여 있었다. 주저앉은 당미숙의 가랑이가 축축하게 젖어 있었으나, 아무도 그녀를 비웃지는 않았다.

"……자신 없다면 돌아가도 좋네."

베른이 당미숙을 향해 중얼거렸다.

"하지만 지켜줄 수는 없어. 그것은 자네가 앞으로 향해도 마찬가지고 도망쳐도 마찬가지야. ……그런 여유는 없네."

"……으으……."

당미숙이 어깨를 바르르 떨었다. 그녀는 슬며시 머리를 들이 뒤쪽을 보았다. 수습하지 않은 몬스터의 사체가 길게 이어진 끝. 동굴의 입구는 보이지 않았다. 이미 제법 많이 들어와 버렸기 때문이다.

이곳까지 오면서 가로막은 몬스터는 모조리 죽이기는 했지만…… 과연 입구까지 돌아가는 길이 안전할까?

머뭇거리던 당미숙은 비틀거리며 몸을 일으켰다.

"가, 같이 갈게요."

말리는 사람은 없었다. 상황이 좋지 않다. 이성민은 아랫입술을 잘근 씹었다. 이미 열 명이 넘는 용병이 죽었고, 던전의 주인인 흑마법사가 저 깊은 곳에 웅크리고 있을 것은 틀림없었다.

전생과는 전혀 다른 흐름이다. 전생에서 흑마법사의 던전을 토벌하는 것에는 큰 피해를 입지 않았었다. 던전은 이미 비어 있었고, 몇 가지 마법 트랩이 남아 있기는 했었지만 치명적인 것은 없었다. 빈집을 터는 기분으로 던전 공략이 이루어졌고, 그 과정에서 마갑을.

마갑을……?

'잠깐.'

이상하다는 생각이 든다. 그것은 강렬한 위화감이었다.

전생에서 흑마법사는 이 던전에 남아 있지 않았다. 그런데 왜 마갑을 비롯한 다양한 아티팩트가 던전에 남아 있었던 것일까. 상식적으로 생각한다면 던전을 떠날 때 아티팩트 같은 가치 있는 물건들을 가지고 떠나야 하는 것이 맞지 않나.

아귀가 안 맞는다. 전생보다 3개월 빠르게 흑마법사의 던전을 발견했고 토벌에 나섰다. 그 시간 차이 때문에 던전을 떠났어야 할 흑마법사가 던전에 남아 있게 되었다. 그래, 그것은 납득이 된다.

이후 3개월 사이에 뭔가 다른 일이 일어났나? 흑마법사가 던전을 떠나면서 아티팩트를 챙기지 못할 정도로 급박한…… 아니, 이것은 어디까지나 추측일 뿐이다.

의혹 속에서 토벌대는 계속해서 안으로 들어갔다. 검은 안개 이후로 마법 트랩은 계속해서 등장했지만, 이미 호되게 당한 경험이 있는 탓인지 베른이 앞장서서 트랩을 감지하며 해제했다.

덕분에 토벌대가 전진하는 속도는 느렸고 이성민은 머릿속을 떠도는 생각을 정리할 여유를 가질 수 있었다.

마갑이나 아티팩트를 굳이 버리고 갈 이유를 떠올릴 수는 없었다.

그럴 수밖에 없는 상황…… 급하게 던전을 떠나야 했던 상황.

토벌대? 전생에서는 흑마법사가 토벌대와 상대하지 않고 도주하는 것을 택했나?

아니, 그것이 정답이라고 생각되지는 않았다. 오히려 전생의 토벌대는 지금 토벌대보다 훨씬 약했었다.

다른 무언가 때문에 도망쳤나? 아니면…….

"무슨 생각을 그렇게 하고 있나?"

말을 건 것은 제온이었다. 이성민은 움찔하고 어깨를 떨며 제온 쪽을 바라보았다. 심드렁한 표정을 짓고 있는 제온을 보면서 이성민은 머리를 좌우로 흔들었다.

"……아무것도 아닙니다."

"긴장한 것 같지는 않은데."

제온이 이성민의 얼굴을 빤히 보다가 웃었다.

"죄악감에 젖은 것도 아닌 것 같고."

"……죄악감이라니."

"동료를 죽이지 않았나."

제온이 웃는 소리를 냈다. 그 말에 이성민의 눈동자가 차갑게 식었다.

동료를 죽였다.

그 말이 무슨 뜻인지 이해하는 것에 고민의 과정은 필요하지 않았다. 검은 안개가 끝났을 때 바닥에 널브러져 있던 용병의 시체. 그중 몇 구가 이성민과 가까운 곳에 있었고, 그들을 죽게 한 것은 몸을 꿰뚫고 나간 창 때문이었다.

"짓궂은 말을 하시는군요."

이성민은 제온의 얼굴을 바라보면서 대답했다.

피차 마찬가지 아닌가.

검은 안개를 통해 시각이 차단된 상태에서의 전투. 용병들은 다른 용병들을 몬스터라고 생각하고 공격했고, 그 과정에서 약한 용병은 죽었다. 제온도 몇 명의 용병을 때려죽였을 것이다.

"냉정하군. 아니면 냉정한 척하는 건가?"

"겁에 질린 것보다는 낫지 않습니까?"

"나는 네가 꽤 마음에 든다."

제온이 이성민을 향해 이를 드러내며 웃었다.

"이렇게 직접 보니 더 마음에 들어졌어."

제온은 그렇게 말하고서 이성민을 지나쳤다. 수상쩍은 말이었기 때문에 이성민은 제온의 등을 노려보았다. 하지만 뭐라고 대답하지는 않았다. 일단은 던전을 돌파하고 흑마법사를 토벌하는 것이 중요했다.

키메라는 더 이상 튀어나오지 않았다. 마법 트랩도 도중부터는 아예 발동이 되지 않았다. 그것은 명백하게 이상한 일이었다.

"처음 쏟아져 나온 몬스터와 트랩은 단순한 시간 끌기였나?"

S급 용병 중 하나가 중얼거렸다. 그 말은 제법 그럴듯하게 들렸다. 그렇게 도주를 위한 시간을 끌고, 더 이상 저항하는 것을 포기하고 흑마법사가 도주한 것일 수도 있다.

그 용병의 말에 다른 용병들도 머리를 끄덕거리며 납득한 표정을 지었지만, 베른과 제온은 그러지 않았다. 이성민도 마찬가지였다.

구불구불한 길은 지하로 이어지고 있었다. 계단은 없었지만 모두가 '아래'로 내려가고 있음은 알았다.

바람 한 점 불지 않는 깊은 동굴의 안에서 횃불은 흔들리지 않았다. 횃불이 밝히는 동굴의 벽에서 그림자만이 나란히 움직였다. 트랩은 없었고, 몬스터도 없었다. 피와 사체의 냄새도 더 이상 풍기지 않았다.

고요는 끔찍할 정도로 지겹고 두려웠다. 차라리 무언가가 나타난다면, 일어난다면.

고요가 싫었던 어떤 용병이 흥얼거리는 콧노래를 불렀다. 억지로라도 잘 부른다는 칭찬을 해줄 만한 실력은 아니었지만 누구 하나 그 콧노래를 향해 닥치라고 외치지는 않았다.

경사가 평지가 되었다. 닫혀 있는 큼직한 문을 마주했을 때, 콧노래가 멈췄다.

침묵하고 있던 제온은 베른을 힐긋 보았다.

"트랩입니까?"

베른은 대답하지 않고서 눈을 감았다. 스태프를 가볍게 휘저어 탐지 마법을 펼친다.

"아니, 그냥 문이야."

"빨리 끝내고 나갔으면 좋겠군요."

제온이 투덜거리면서 문으로 다가갔다.

"당분간은 동굴에 들어가고도 싶지 않아."

문이 열렸다.

열린 문 너머로는 융단이 깔린 복도가 이어져 있었다. 사람이 사는, 사람이 살았던, 그런 흔적이 진하게 남아 있는 곳이었다.

제온은 복도를 힐긋 보면서 말했다.

"기척은 없는데."

"그렇군."

베른이 스태프를 움직였다. 넓게 확장된 탐지 마법이 복도를 살핀다. 걸리는 것은 없다. 트랩도 없고, 움직이는 것도 없다.

베른이 미간을 찡그렸다.

"정말로 도망쳤단 말인가? 왜?"

"뭐, 정면으로 싸우기에는 부담스러웠겠지요. SS급 용병이 둘에 S급도 건재한데."

제온은 투덜거리면서 복도를 걸었다. 복도에는 많은 문이 있었다.

이성민은 가슴이 쿵쿵거리며 뛰는 소리를 들었다.

이곳이다.

전생에서 마갑을 얻었던 용병이 술에 취해 했던 말을 떠올린다.

융단이 깔린 복도, 벽에 걸려 장식된 그림, 그 바로 옆에 있는 문, 그 문의 안쪽…….

"일단 탐색해 보자고."

경계와 긴장은 완전히 가시지 않았지만, 베른이 먼저 그렇게 말을 꺼냈다.

제온과 코로나 용병 단원들은 베른의 말을 듣지 않았다. 그들은 이미 가까운 문을 열어가며 안을 뒤지고 있었다.

기척도 없고 탐지 마법으로도 뭔가 걸리는 것이 없었다. 이곳은 안전하다. 모두가 당연하게 그를 받아들였다.

이성민은 조용히 앞으로 나아갔다. 겁에 질려 있던 당미숙은 언제 그랬느냐는 듯이 복도를 달리며 다른 이들이 열지 않은 문을 열어젖히고 있었다.

복도를 가로지른다.

일이 너무 쉬운 것 아닌가. 함정이겠지.

아마 틀림없이 함정일 것이다, 아니, 함정이라는 것을 알아도.

이성민은 문을 열었다. 다른 용병들은 다른 문을 열고 안을 뒤지고 있던 탓에 이성민에게 신경 쓰지 않았다. 이성민이 가장 경계하고 있던 제온도 마찬가지였다.

방 안은 크게 신경 쓰이는 것이 보이지 않는 서가의 풍경을 하고 있었다.

이성민은 책이 빽빽하게 꽂혀 있는 책장을 향해 다가갔다. 책의 이름도 시선을 끌 만한 것은 없었다. 마법서도 아닌 책들이다.

이성민은 필사적으로 기억을 더듬으면서 책장을 손으로 짚어갔다.

붉은 책. 제목은 '그날 밤'.

무슨 내용인지는 모른다.

아마 소설이겠지.

애초에 중요한 것은 내용이 아니다. 그 책을 뽑았을 때, 책장이 옆으로 움직였다. 숨겨진 방의 모습이 드러난다.

있을까?

이성민은 꿀꺽 침을 삼키면서 비밀의 방 안으로 발을 들이밀었다.

있었다.

시커먼 갑옷이 벽에 걸려 있었다.

마갑 데브나크가.

이성민은 긴장한 얼굴로 마갑을 향해 다가갔다.

그것은 시커먼 색으로 번들거리는 전신 갑옷이었다. 보았던 기억은 있다. 마갑을 얻었던 용병이 항상 마갑을 입고 다녔기 때문이다. 정작 이번 토벌전에서 그 용병은 등급이 너무 낮아 참가하지도 못했지만 말이다.

마갑을 얻는다면.

그것은 제나비스로 돌아온 이후로, 쭉 바라던 목표 중 하나였다.

전생에서도 그랬다. 별것도 아닌 실력을 가지고 있던 하급 용병이 마갑 하나를 얻고서 절정고수가 되었다.

인생을 바꿔줄 기회.

이전 생에서 이성민은 언제나 그런 기회를 갈망하고 있었다.

기회는 잡았다. 몇 번이나 잡았다. 전생의 돌을 잡은 것도 기회였고 위지호연과의 만남도 기회였다. 므쉬의 산도, 백소고와의 만남도, 그리고 눈앞에 있는 마갑도.

이성민은 마갑을 향해 손을 뻗었다. 이성민의 손이 마갑에 닿은 순간, 벽에 걸려 있던 마갑의 가슴팍이 쩍 하고 열리더니 이성민의 몸을 집어삼켰다.

이성민이 당황하여 몇 걸음 물러섰을 때, 시커먼 마갑은 이성민에게 입혀져 있었다.

"……어……."

이성민은 몸을 감싼 마갑을 내려 보았다.

저절로 입히기는 했는데…… 변화가 느껴지지 않는다.

이성민은 급히 단전의 내공을 확인해 보았다. 내공에 변화는 없었다. 육체적인 변화도 마찬가지였다. 몸을 점검하고 나서 이성민은 당황할 수밖에 없었다.

아무 변화도 일어나지 않았다.

어째서? 갑옷이 바뀌었나?

아니, 그것은 지금으로써는 확인할 수가 없다.

이 갑옷의 기능과 이름을 확인하기 위해서는 도시로 돌아가 전문 감정사에게 확인을 부탁할 수밖에 없다.

"마음에 드나?"

낮은 목소리가 이성민의 귀를 간질였다. 이성민은 흠칫 놀라 뒤를 돌아보았다. 시커먼 로브를 뒤집어쓴 사내가 그곳에서 있었다. 이성민은 놀란 소리를 내며 창을 들었다.

"마갑 데브나크. 제법 괜찮은 물건이지. 리바운드가 큰 것이 흠이지만."

"……뭐?"

흑마법사가 중얼거렸다. 그는 몇 걸음 떨어지지 않은 곳에서 이성민이 자세를 잡고 있음에도 조금도 위축되지 않았다.

오히려 위축된 것은 이성민이었다. 므쉬의 산에서 단련하여 얻은 육감. 그 육감이 이성민에게 경고를 발하고 있었다. 저것과 싸우지 말라고.

"아무런 변화도 느끼지 못했나?"

푹 눌러쓴 후드의 안쪽에는 시커먼 어둠만 보였다. 얼굴은 보이지 않았으나 들리는 목소리는 늙수그레한 노인의 것이었다.

"그건 꽤 이상한 일인데……."

흑마법사가 중얼거렸다.

뭐, 그것이 중요한 것은 아니지.

그렇게 내뱉은 흑마법사의 로브가 천천히 부풀어 올랐다.

"불청객은 마음에 안 들지만…… 후후! 살다 보니 이런 만남도 있군. 설마 인과율이 비틀어진 혼과 만나게 될 줄이야…….”

흑마법사의 중얼거림에 이성민의 몸이 움찔 굳었다.

이성민은 더 이상 기다리지 않고 흑마법사를 향해 달려들었다. 전력으로 펼친 무영탈혼이 잔상을 만들어낸다. 몇 걸음의 거리는 순식간에 0이 되었고 자색의 기가 휘감긴 창이 흑마법사의 몸을 꿰뚫었다.

쩌어어엉!

손아귀가 찢어지는 것 같은 저항감과 함께 이성민의 몸이 뒤로 날았다.

역류한 내공이 기혈을 긁으면서 이성민은 검은 피를 토했다.

콰당탕!

책장을 무너뜨리고서 몇 바퀴 뒹군 이성민은 바닥에 엎어져서 앓는 소리를 냈다.

“성급한 행동은 하지 마라. 나는 지금 아주 기분이 좋으니까.”

흑마법사가 끌끌거리며 웃었다.

명치 쪽에 묵직한 무언가가 얹힌 것 같은 기분이었다. 이성민은 아랫입술을 뿌득 씹으면서 몸을 일으켰다. 소란을 들은 것인지 복도 쪽에서 뛰는 소리가 들렸다.

“뭐야?!”

문 앞으로 뛰어온 용병들의 몸이 굳었다. 그들은 방 한가운데에서 엎어져 있는 이성민과 우두커니 서 있는 흑마법사를 보고서 빠르게 상황을 파악했다.

조금 늦게 달려온 베른이 고함을 질렀다.

“흑마법사!”

“불청객들.”

흑마법사가 중얼거렸다. 흑마법사는 천천히 손을 들어 올려 베른을 가리켰다.

큼지막한 로브의 소매 안으로 보인 흑마법사의 손을 보고서 베른의 얼굴이 하얗게 질렸다.

“리, 리치……!”

“쉿.”

후드의 안쪽에서 비웃음 가득한 목소리가 새어 나왔다.

길게 뻗은 손가락은 살아 있는 인간의 것이 아닌 새하얀 뼈였다. 그 끝에서 시커먼 빛이 번뜩이더니 일직선으로 쏘아진 죽음이 베른을 노렸다.

퍼어엉!

베른의 근처에 있던 제온이 급히 주먹을 휘둘렀다. 거리를 격하고 쏘아진 백보신권이 흑마법사의 공격과 부딪혔다.

흑마법사는 혀를 끌끌 차면서 중얼거렸다.

“소림의 백보신권이로군. 그래, 네가 베헨게르에서 제법 유명하다는 제온이라는 놈이구나."

"……날 아나?"

제온이 굳은 얼굴로 물었다. 흑마법사는 대답하지 않았다. 대신에 그는 눌러쓰고 있던 후드를 천천히 벗었다.

드러난 것은 얼굴이 아니었다. 그것은 마치…… 어둠이 뭉쳐 있는 것처럼 보였다. 둥글게 뭉친 어둠의 안쪽에는 눈으로 보이는 시퍼런 빛 한 쌍이 흔들리고 있었다.

리치를 보는 것은 처음이었다. 하지만 소문은 들어보았다. 마법사가 영생을 얻는 대신에 육체와 영혼을 포기하여 태어나는 몬스터.

그렇다. 리치는 몬스터로 분류된다. 그것도 최악의 몬스터라고 꼽힐 정도로 강력한 괴물이다. 리치는 대마법사에 준하는 마법 실력과 더불어 육체와 영혼을 포기한 대가로 얻은 거대한 마나를 휘두른다.

거기에 인간이었을 때의 기억과 인간다운 사고까지 하고 있으니 최악의 몬스터라고 하기에 충분한 존재였다.

"본래라면 너희는 이곳까지 오지도 못했을 게야."

리치가 중얼거렸다. 졸지에 제온에게 목숨을 구원받은 셈이 된 베른은 하얗게 질린 채 뒷걸음질 쳤다.

마법사인 베른은 리치가 얼마나 끔찍하고 두려운 존재인지 잘 알고 있었다.

"하지만 오늘은 아니지. 희생양을 납치해 올 수고를 덜게 되었어. 본래는 오우거 키메라를 쓸 생각이었다만……."

리치가 알 수 없는 말을 중얼거리면서 손을 들어 올렸다. 리치의 발밑에서 솟구친 어둠이 리치의 손을 휘감았다.

베른이 급히 캐스팅에 들어갔다. 베른이 무슨 마법을 펼치려고 한 것인지는 알 수 없었으나, 이것 하나만은 분명했다. 베른은 리치보다 느렸다.

콰아아앙!

어둠이 쏘아졌다. 뭣 모르고 앞에 서 있던 용병 중 하나가 어둠에 휩쓸렸다.

S급 용병. 그런 용병이 허무하게 죽었다. 어둠이 희미해졌을 때 남은 것은 살점이 모조리 타버려 뼈밖에 남지 않은 시체였다.

"도, 도망쳐!"

베른이 고함을 질렀다. 뒤늦게 완성된 마법이 리치를 향해 폭발했다. 시뻘건 불꽃의 파도가 리치를 덮쳤다. 리치는 웃는 소리를 내면서 뼈로 만들어진 손으로 수인을 맺었다.

"주제를 모르는구나."

영창조차 외우지 않았다. 즉석에서 만들어진 강력한 실드가 베른의 마법을 막아냈다.

당미숙이 비명을 지르면서 몸을 돌려 뛰었다. 하지만 당미숙은 도망치지 못했다. 땅에서 튀어나온 칼날이 당미숙의 몸뚱이를 둘로 나누어버렸다.

"내가 말하지 않았느냐. 본래라면 너희는 이곳에 오지도 못했다고. 내가 너희를 이곳에 오게끔 한 것이다."

리치가 중얼거렸다. 제온이 앞으로 뛰었다. 그는 도망치는 것보다는 리치와 싸우는 것을 택했다. 리치를 죽이지 못한다면 이곳에서 탈출하는 것이 불가능하다고 판단한 것이다.

그렇게 판단한 것은 제온뿐만이 아니었다. 아직 살아 있는 S급 용병 전원이 리치를 향해 덤볐다. 이성민도 마찬가지였다.

가장 먼저 뛰어든 제온의 백보신권이 리치를 덮쳤다. 리치는 여전히 수인을 맺고 있었고 실드는 건재했다.

투웅!

묵직한 소리와 함께 실드가 흔들린다.

제온은 자세를 잡고서 연달아 주먹을 뻗었고, 그럴 때마다 쏘아진 무형의 권격이 실드를 흔들었다.

리치에게 조급함은 없었다. 놈은 오히려 지금의 상황을 즐기는 듯했다. 마치 맹수가 잡아놓은 먹잇감의 재롱을 보는 것 같았다.

이성민은 이를 악물고서 리치의 뒤를 덮쳤다. 이성민의 손 안에서 창이 맹렬한 회전을 만들었다. 제온의 앞이라 무공을 숨기겠다는 생각은 이미 남아 있지 않았다.

"넌 가만히 있어라."

이성민의 창이 리치의 실드와 닿은 순간, 리치가 그렇게 중얼거렸다.

공간이 휘어지는 것처럼…… 보였다. 이성민의 창은 실드의 위를 미끄러졌다. 궤도가 강제로 틀어졌다. 그 짧은 순간에 리치는 공간 왜곡 마법을 펼쳐 이성민의 공격을 흘려 버린 것이다.

"너를 다치게 할 수는 없으니. 가치 있는 혼을 잃을 수는 없지."

리치는 그렇게 말하면서 수인을 바꾸었다. 그 와중에도 제온을 비롯한 다른 용병들은 리치의 실드를 뚫기 위해 발악하고 있었다.

리치는 그것을 무시했다. 신경 쓸 가치도 없는 공격들이었기 때문이다. 리치는 다른 용병들 전원보다 이성민을 신경 쓰고 있었다.

파바박!

바닥에서 솟구친 시커먼 사슬이 이성민의 팔다리를 휘감았다. 이성민의 몸이 바닥을 뒹굴었다.

"그렇게 얌전히 있거라."

리치가 웃으며 말했다. 이성민은 몸을 일으키려고 했으나 꽉 죄는 사슬은 이성민의 몸을 풀어주지 않았다. 이성민의 얼굴이 일그러졌다.

베른이 죽었다.

펑 하고 터진 폭발이 희미해졌을 때 상반신이 사라진 베른의 다리가 뒤로 넘어갔다.

리치의 실드는 여전히 깨지지 않았고, 그가 손가락을 까닥거릴 때마다 시체가 늘어났다.

이성민은 바닥에 엎어져서 그 모든 것을 보았다. 지독한 무력감과 공포 속에서 타인의 죽음을 보았다. 시간은 마치 멈춘 것처럼, 아니, 느려진 것처럼 그렇게 흘렀다.

왜 내가 이곳에 엎어져 있는가. 왜 나는 이리도 무력한가.

이성민의 몸이 덜덜 떨렸다.

므쉬의 산을 내려왔을 때, 이성민은 자기 자신이 이전과는 다르다고 생각했다. 달라졌다고 생각했다. 매미는 되지 않았어도, 매미가 아닌 다른 무언가가 되기 위함에 가까워졌다고 생각했었다.

현실은 어떤가.

현실은 이렇다.

이성민은 차가운 바닥 위에 엎어져 있었다. 저항하고 싶었어도 저항은 불가능했다.

리치는 괴물이었다. 대마법사라는 존재가 얼마큼의 폭력을 사용할 수 있는지 이성민은 확실하게 알게 되었다.

SS급 용병인 제온이 리치에게 농락당하고, 마찬가지로 SS급 용병에 대마법사를 목전에 두고 있다는 베른은 이미 죽었다.

전투가 끝났다.

살아남은 것은 제온과 S급 용병 셋. 그들은 바닥에 주저앉아 이성민과 마찬가지로 검은 사슬에 묶여 있었다.

"이 정도면 충분하지. SS급 용병이라……. 오우거 키메라보다 낫군."

리치가 즐거운 목소리로 말했다. 리치는 바닥에 나뒹구는 시체를 신경 쓰지 않고서 손을 움직였다. 이성민과 제온, 2명의 용병이 공중에 둥실 떠올랐다.

"자, 가자."

리치가 양팔을 휘저었다.

"앞으로는 매일이 즐거울 게야."

그리 말하며 웃는 리치의 목소리는 소름 끼쳤다.

두근.

두근두근.

지하 깊은 곳에서 심장이 뛰는 소리가 들려오고 있었다.

4장
심장(1)

"조금 이상하게 들릴지도 모르겠지만 말이야. 나는 여자가 되고 싶었단다."

리치는 기분이 좋아 보였다. 그래서인지 개소리를 늘어놓았고, 리치의 개소리는 그가 미리 말해준 것처럼 이상하게 들렸다.

조금이 아니라 굉장히 많이.

사슬에 결박된 이성민은 벽을 등에 맞대고 있었다. 사지를 붙잡은 사슬은 내공을 아무리 끌어내 보아도 뜯어내는 것이 불가능했다.

"정확하게 말하자면 여자가 아니라…… '아이'를 낳을 수 있는 몸이 되고 싶었지. 아, 물론 남자도 아이를 만들 수 있지만 말이야. 그것은 엄밀히 말하자면 아이를 낳는 것이 아니라 아이를 낳을 수 있도록 도움을 주는 것이니 말이다."

대체 뭔 차이인지는 모르겠지만 이성민은 대답도 질문도 할 수가 없는 몸이었다. 입술을 벌리고 싶어도 입술이 떨어지지 않는다. 그런 마법이었다.

"이런저런 마법을 시도해 보았지만 말이야. 타고난 성별은 어찌해도 바꿀 수가 없었어. 성별을 바꿀 수 있는 것은 애초부터 무성으로 태어난 드래곤의 폴리모프 마법뿐이고, 인간은 폴리모프를 쓸 수가 없다. 왠지 아느냐. 인과율 때문이지."

인과율, 인과율.

몇 번이나 들었던 말이지만 그것이 무엇인지는 도저히 가늠이 되지 않았다.

이성민의 강제적인 침묵 속에서 리치는 계속해서 움직였다.

"결국 나는 마법의 한계에 절망해 버렸지. 그래서 리치가 되었다. 내 혼과 육체를 바쳐 강제적인 영생을 얻는 저주. 하지만 뭐, 만족했다. 마도의 길은 끝이 없고 나는 꽤 오랫동안 길을 걸어왔지만 여전히 그 끝이 보이지 않거든. 보이지 않는 길을 걷는 것…… 그것은 두렵지만 즐거운 일이란다. 열중하는 것은 좋지. 아주 즐거워."

리치가 낄낄거리며 웃었다. 제온과 다른 S급 용병들이 어찌 되었는지는 모르겠다. 구속된 그들은 다른 방에 던져졌고, 리치는 그들에게 더 이상 신경 쓰지 않았다. 이성민만은 리치와 함께 이 방으로 왔다.

"긴 세월 마도의 길을 걸었고, 인간이었을 적 갈구하던 나의 바람은 영원히 이루어지지 않게 되었다. 나는 육체를 잃었으니까. 설령 여자가 되는 마법을 완성한다고 해도 나는 쓸 수가 없게 되었지. 크크크! 이리 말하니 모순이로군. 하지만 꼭 그렇지는 않단다."

한참을 웃던 리치가 이성민을 보았다. 뭉쳐진 어둠 너머로 보이는 푸른 안광에 감정 같은 것은 보이지 않았다. 그럼에도 이성민은 리치의 목소리에 실린 광기를 느낄 수가 있었다.

"내가 낳을 수 없어도, 아이를 만들 방법은 있으니까."

이성민은 계속해서 몸을 움직이려 해보았다. 팔을 움직이고, 다리를 움직이고. 입술을 벌려보려 했다.

하지만 움직이지 않는다. 마법의 구속은 너무나 강력했다. SS급 용병이었던 제온과 베른을 우습게 상대하던 리치다. 놈의 이름은 모르지만, 리치가 보여준 압도적인 힘은 상식의 궤를 아득하게 넘어 있었다.

"키메라는 매력적인 연구 주제란다."

광기에 전 목소리는 이해할 수 없는 포근함과 상냥함이 어려 있었다. 물론 그것은 이성민이 그렇게 느꼈을 뿐이었고, 그런 느낌의 와중에도 리치의 목소리에 묻어나는 감정이 향하는 대상은 이성민이 아님은 분명했다.

"이미 존재하는 생명을 소재로 하여 전혀 다른 생명을 만들어내는 것…… 이것은 내가 인간이었을 적부터 갈망했던 것을 충족하지. 비록 내 몸에서 낳는 것이 아니라고는 해도 말이야. 뭐, 다를 것은 없지 않느냐. 내가 만들어낸 생명이라면 내가 낳은 자식인 것이지."

리치의 움직임이 멈추었다. 바닥을 가득 덮은 마법진은 마법을 잘 모르는 이성민이 보아도 불길함이 느껴졌다.

"인과율은 거스를 수가 없는 것이야. 정상적인 인간이라면 모두가 필연적인 인과율에 휘둘리게 되지. 그것을 거스르는 것은 그 자체만으로도 초월의 편린과 닿았다는 뜻이란다."

리치는 그렇게 중얼거리면서 몸을 돌렸다. 벽에 결박된 이성민은 리치의 얼굴을 노려보았다. 김종현이 해주었던 경고가 이성민의 머릿속을 맴돌았다. 김종현의 말이 맞았다. 이성민은 이 던전에 와서는 아니 되었다.

"오늘은 아주 좋은 날이구나. 그리고 아주…… 운이 좋은 날이기도 해. 예전에 보았던, 너와 비슷하게 인과율이 비틀어진 놈은 내가 도저히 어찌할 수 없는 괴물이었는데……."

리치의 말에 이성민의 몸이 크게 떨렸다. 이성민은 어떻게든 목소리를 내기 위해 발악하면서 입술을 움직였지만 입술은 떨어지지 않았다. 전음조차도 막힌 탓에 의문은 이성민의 입안만 맴돌았다.

"네 혼을 제물로 바친다면 나의 비원은 완성에 가까워지겠지.”

리치는 그렇게 말하면서 양손을 들어 올렸다. 바닥에 새겨진 마법진이 불길한 빛을 내뿜었다.

리치가 외는 주문은 이 세상의, 에리아의 언어가 아닌 것처럼 들렸다. 듣는 것만으로도 정신이 욱신거리고 눈앞이 일그러진다. 비명이라도 원 없이 지르고 싶었으나 막힌 입술은 야속할 정도로 무거워 열리지 않았다.

길게 이어지던 주문이 완성되었다. 마법진은 더 이상 빛을 발하지 않았다. 대신에 싸늘한 냉기가 방 안을 집어삼켰다. 내뱉는 호흡이 하얗게 얼어붙는다. 뼛속까지 스며드는 냉기에 이성민의 몸이 사시나무처럼 떨렸다.

‘그것’은 육안으로 볼 수 없는 형태를 취하고 있었다. 어둠이 뭉친 것처럼 보이기도 했고 새하얀 안개처럼 보이기도 했다.

그런 형태인가 싶었을 때에 그것은 남자가 되었고, 다시 여자가 되었다.

이성민이 어떻게 생각하느냐에 따라 그것은 끝없이 모습을 바꾸었고, 그 불길한 천변만화에 이성민의 정신은 뒤흔들렸다.

공포.

이성민은 공포를 느꼈다. 공포가 낯선 것은 아니다. 여태까지 공포는 몇 번이나 느껴본 적이 있었다.

하지만 지금 느끼는 공포는, 여태까지 느꼈던 공포와는 근본이 달랐다.

나 자신이 전혀 알지 못하는 미지의 무언가.

저 뭔지 알 수 없는 존재는 보는 것만으로도 미쳐 버릴 것 같은 공포를 전염시키고 있었다.

"바치겠나이다."

양팔을 들어 올린 리치가 천천히 자리에 무릎을 꿇었다. 상식을 벗어난 위력을 과시했던 리치가 무릎을 꿇고 머리를 낮추며 경배를 올리고 있었다.

존재의 시선이 이성민에게 향했다. 시선과 시선이 마주했을 때, 이성민은 자신의 머리가 터져 버렸다고 생각했다.

이성민이 느끼는 두통은 머리가 터져 버렸다는 착각이 현실이기를 바랄 정도로 끔찍했다.

"……예?"

잠시 뒤 리치가 놀란 소리를 냈다.

"자, 잠깐. 그게 무슨 말씀이십니까? 무언가…… 아니, 그럴 리가. 그럴 리가 없지 않습니까. 대체 왜……?"

머리가 아프다. 호흡이 거칠어진다. 세포 하나하나가 공포에 얼어붙었고 심장이 느리게 뛰었다.

죽는다.

그런…… 기분을 느꼈다. 저것의 시선만으로도 이성민은 죽음을 상상했다.

"그런…… 말도 안 되는……."

리치가 허망하다는 듯이 중얼거렸다. 이성민을 보고 있던 존재의 시선이 거두어졌다.

허억 하고 이성민은 숨을 크게 삼켰다.

쿵, 쿵.

너무 느리게 뛰다가 멈춰가던 심장이 다시 뛰는 소리를 낸다. 이성민은 몸을 바르르 떨었다.

"아니…… 아, 아닙니다. 다른 제물은 바치겠습니다. 그래…… 그러니까……."

흑마법사가 허둥거렸다. 그는 급히 소매의 안쪽을 뒤지더니 큼직한 보석을 꺼냈다.

흑마법사가 보석을 제단 위에 올려두자 존재가 그 보석을 내려 보았다.

어둠이, 안개가 보석을 집어삼켰다. 그리고 존재는 희미하게 변하여 사라졌다.

바닥에 그려졌던 마법진이 완전히 사라졌다. 리치는 허공을 멍하니 올려 보다가 다리에 힘이 풀린 것인지 자리에 주저앉았다.

"제물을…… 거부했다고?"

리치가 허탈한 목소리로 중얼거렸다. 한참을 허공을 올려 보던 리치가 벌떡 몸을 일으켰다. 리치는 몸을 돌려 이성민을 노려보더니 어깨를 바르르 떨었다.

"너…… 대체 뭐냐?"

그것은 오히려 이성민이 묻고 싶은 것이었다. 대체 무슨 일이 벌어진 것인지 이해가 안 된다.

"인과율이 비틀려졌다고 해도 제물로서의 가치는 있을 터…… 아니…… 오히려 인과율이 비틀렸기에 더더욱 제물로써 중할 텐데. 대체 왜 제물로 받을 수 없다고 하시는 것이지?"

리치가 혼란스러운 목소리로 중얼거렸다. 리치가 비틀거리며 이성민에게 다가왔다. 활짝 펼친 리치의 손이 이성민에게 향했다. 벽에 결박되어 있던 이성민의 몸이 천천히 리치를 향해 날아왔다.

"네 모든 것을 보여라!"

리치가 고함을 질렀다. 어둠 속에서 푸른 안광이 빛을 발했다. 보이지 않는 마법이 이성민의 정신을 덮쳤다.

강력한 정신 금제에 기억을 강제적으로 뽑아내는 마법이었다. 효율은 좋았지만 상대를 백치로 만든다는 부작용이 존재하는 마법이었다.

개미가 뇌피질 위를 기어 다닌다면 이런 기분일까.

이성민의 몸이 바들거리며 떨렸다. 이성민의 눈이 백색으로 물들었다. 그것은 마법을 통해 강제적으로 기억을 읽고 정신이 제압되면서 이성민의 정신이 붕괴되려는 징조였다.

그랬어야만 했다.

"카아아악!"

리치가 비명을 질렀다. 그는 번개라도 맞은 것처럼 몸을 떨더니 크게 휘청거리며 그 자리에 주저앉았다.

이성민의 눈은 여전히 풀려 있었다.

덜덜 떨던 리치는 손을 들어 존재하지 않는 자신의 머리를 움켜잡으려 했다. 그것은 리치가 된 이후로 처음으로 느끼는 두통이었다.

"아…… 아으으으! 크으으으!"

주저앉은 리치가 비명을 지른다. 리치의 정신이 뒤흔들리면서 이성민의 몸을 주박하고 있던 마법이 소멸했다.

바닥으로 떨어진 이성민은 힘이 풀려 그 자리에 널브러졌다.

한참을 신음하던 리치는 손을 허우적거리며 이성민과의 거리를 벌렸다. 정신이 반쯤 나간 리치는 이성민을 어떻게 해야 한다는 생각조차 갖지 못했다.

다만 도망치고 싶었다. 리치는 그 감정과 충동을 이해하려 들지 않았다. 다만 느끼는 대로, 도망칠 뿐이었다. 리치의 몸이 방 안에서 사라졌다.

그리 오랜 시간이 지나지 않아 이성민의 눈동자에 빛이 돌아왔다. 지끈거리는 두통은 이미 사라져 있었다. 바닥에 엎어져 있던 이성민은 비틀거리며 몸을 일으켰다.

"……뭐…… 뭐야?"

무슨 일이 일어난 것인지 이성민은 이해할 수가 없었다. 몸을 주박하고 있던 마법은 사라졌다. 리치의 모습은 보이지 않는다.

……어디로 간 거지?

이성민은 급히 주변을 둘러보았다. 방 안에 리치는 없었다. 기억을 더듬어 본다.

리치가 손을 뻗고…… 그다음.

그다음의 기억이 나지 않는다.

강렬한 두통을 느낀 순간 견디지 못하고 잠깐 기절했던가. 내가 기절한 동안 대체 무슨 일이 있었지?

혼자 남은 방 안에서 이성민은 멍하니 그런 생각을 했다. 아니, 지금 중요한 것은 그것이 아니다. 몸에 제대로 힘이 들어가지 않았지만 이성민은 크게 숨을 삼키면서 벽을 손으로 짚었다.

방의 구석에는 셀게루스에게 받았던 창이 나뒹굴고 있었다. 이성민은 자신의 창을 챙기고서 닫힌 문을 향해 다가갔다. 흑마법사가 어디 간 것인지는 알 수 없었지만, 우선 이곳을 탈출하는 것이 중요했다.

도대체 무슨 일이 벌어진 것인지 모르겠지만, 이것 하나는 분명했다.

저 인간은 위험하다.

100년 이상 살아온 리치였지만, 이런 경우는 처음이었다.

'마법 반사…… 아니…… 그런 종류가 아니야. 애초에 그런 가호를 가지고 있었더라면 내 공격이 통하지 않았어야 해.'

리치는 휘청거리는 몸을 지탱하기 위해 벽을 짚었다.

리치라는 몬스터에게 있어서 육체라는 것은 큰 의미를 갖지 않고 있다. 애초에 리치가 리치로 생존하기 위해 필요한 것은 육체와 혼을 계약한 마신에게 바치면서 얻은 '라이프 포스 배슬'이다. 라이프 포스 배슬만 건재하다면 이깟 몸뚱이 따위 언제든지 재구성할 수 있다.

즉, 리치에게 있어서 육체의 대미지는 그리 큰 문제가 되지 않는다는 말이다.

하지만 정신적인 대미지는 이야기가 다르다. 리치에게 있어서 치명적인 공격법이 바로 그것이다. 정신 공격.

'그놈…… 대체 정체가 뭐지……?'

마법이 반사되었다. 단순히 반사된 것이 아니다. 되돌아온 마법은…… 리치의 정신을 붕괴시킬 정도로 치명적이고 강력했다. 숨겨둔 라이프 포스 배슬에도 대미지가 전해졌을 정도다.

'다른 마법은 반사하지 못했어. 그런데…… 놈의 기억을 읽고 복종시키는 마법은 반사되었다. 뭐지? 대체 무슨 가호인

거냐……?'

수상쩍은 것이 한두 가지가 아니었다. 리치와 계약한 공포의 마왕은 저 인간의 혼을 제물로 바치는 것을 거부했다.

받을 수 없다.

마왕은 그렇게 말했고, 덕분에 리치는 애지중지하는 마력석을 바쳐 공포의 마왕을 소환한 것에 대한 대가를 치러야만 했다.

"빌어먹을…… 이게 대체 무슨 일인지……!"

리치는 격분하여 내뱉으면서 계속해서 움직였다. 반사된 정신 대미지로 인해 운신이 힘들고 마법을 펼치는 것도 무리였다.

설마 인간에게, 그것도 고작해야 절정고수 수준의 인간에게 이런 꼴을 당하게 되리라고는 생각도 하지 못했다.

'우선 잃은 마력을 보충해야 해…….'

리치는 로브를 질질 끌면서 걸었다.

이성민에게는…… 손을 대고 싶지 않았다. 그것은 리치가 굉장히 오랜만에 느끼는 공포와 비슷한 감정이었다.

리치는 제온을 비롯한 S급 용병들을 던져둔 곳으로 향했다.

공방의 위치보다 깊은 곳.

이곳에서 리치는, 리치가 되어가면서까지 이루고 싶어 했던 비원을 연구하고 있었다.

두 개의 심장.

리치는 공중에 떠 있는 두 개의 심장을 올려 보았다.

키메라의 연구는 종의 궁극을 실현하기 위한 것이다. 서로 다른 종을 섞어 궁극에 가까운 인위적인 생명을 만든다. 그렇게 해서 탄생되는 것이 키메라다.

오우거 키메라를 만든 것은 두 발로 걷는 육지 몬스터 중에 궁극에 가까운 종이 오우거라고 생각했기 때문이었다.

하지만 결과는 그리 만족스럽지 않았다. 우선 보기도 흉했고, 그리 통제가 잘되지 않았기 때문이다. 리치가 만들고 싶었던 생명은 보다 아름답고, 보다 강한 것이었다.

저 심장이야말로 리치가 바라여 해온 연구의 궁극이라고 할 수 있었다. 다만 흠이랄 것은 저 심장을 담을 만한 육체의 준비가 미흡하다는 점이었다.

본래는 공포의 마왕에게 인과율이 비틀린 혼을 바치고, 그 대가로 미흡한 육체를 완전하게 하여 심장을 이식할 생각이었다.

하지만 실패했다. 제물이 거부당하다니. 이런 일은 처음이다.

심장을 올려 보던 리치는 빠득 이를 갈았다.

상관없다. 그 뭔지 모를 인간은 건드리고 싶지 않지만, 우선 손상된 마력을 보충한 뒤에 심장을 가지고서 이 자리를 떠난다.

리치는 널브러진 용병들에게 다가갔다.

"귀여운 놈. 잠든 척하기는."

리치가 끌끌거리면서 웃음을 흘렸다. 그 말에 쓰러져 있던 제온의 몸이 움찔 떨렸다.

정신 대미지로 인해 걸어두었던 마법이 풀렸다. 다른 용병들은 아직 정신도 차리지 못하고 있었지만 그중에서 가장 수준이 나은 제온은 이미 정신을 차린 채 숨을 죽이고 있었다.

"틈이라도 보아 기습하려고 했느냐? 아서라, 아서. 내가 만전이 아니라고 하여도 네까짓 놈은 어린아이처럼 가지고 놀 수 있으니."

리치의 말은 사실이었다. 기절한 척하고 있던 제온은 아랫입술을 뿌득 씹으면서 몸을 일으켰다.

리치는 제온을 무시하고서 수인을 맺었다. 제온의 주변에 널브러져 있던 용병들의 몸이 둥실 떠올랐다.

"귀찮아…… 아주 귀찮아. 설마 이렇게 될 줄이야. 분명 앞으로는 즐거운 매일이 계속될 것이라 생각했는데…… 결국 필멸자는 겪지 않은 미래를 확정할 수가 없다는 것인가……."

리치는 알 수 없는 말을 중얼거리면서 용병들에게서 에너지를 빼앗았다. 이윽고 그들은 비쩍 마른 미라와 같은 몰골이 되어 바닥에 쓰러졌다. 그것을 보며 제온의 몸이 부르르 떨렸다.

"……나도…… 그렇게 되는 건가?"

"응? 아니, 너는 아니야."

마력을 어느 정도 회복하고 나니 살 것만 같았다. 리치는 기분 좋은 웃음을 흘리며 제온을 바라보았다.

"너는 보다 가치 있는 일에 사용할 생각이다. 그래, 너 정도의 혼이라면……."

"프레스칸."

리치의 몸이 움찔 떨렸다. 리치를 보고 있던 제온의 눈이 휘둥그레 떠졌다.

프레스칸.

리치의 이름이다. 부르르 몸을 떨던 리치가 머리를 돌렸다. 우두커니 선 남자가 리치를 보고 있었다. 등을 돌리고 서 있던 리치는 남자가 저곳에 선 것을 알아차리지 못했고, 그것은 제온도 마찬가지였다. 저 남자는…… 마치 유령처럼 저 자리에서 솟구쳐 나왔다.

"이제야 찾았군. 설마 이런 곳에 처박혀 있을 줄이야……."

남자가 혀를 차면서 중얼거렸다. 남자를 보는 리치, 프레스칸은 당황과 경악이 뒤섞인 감정을 느끼면서 몸을 떨었다.

"로…… 로이드……."

"잊지는 않은 모양이군."

로이드가 어깨를 들썩거리며 웃었다. 그는 천천히 프레스칸에게 다가가면서 손을 들어 올렸다.

"10년만인가. 10년 동안 너를 찾아다녔지."

"이…… 질긴 놈……! 아직도 내 뒤를 쫓고 있던 게냐?!"

"맞아. 지루한 추격이었지. 그런데 너…… 무슨 일이 있었던 거냐? 10년 전에 보았을 때보다 더 약해진 것 같은데."

프레스칸은 대답하지 않았다. 설마 오늘, 이곳에 로이드가 찾아올 것이라고는 상상도 해본 적이 없었다. 빌어먹게도 얄궂은 운명이다.

"뭐…… 내가 신경 쓸 바는 아니지. 여기서 널 죽여봤자 나는 네가 라이프 포스 배슬을 숨겨둔 장소를 모른다. 그렇다면 또 지루한 추격을 해야겠군. 우선 이곳에 있는 너를 죽인 뒤에 말이야."

로이드가 성큼거리며 발을 뻗었다. 로이드를 보는 제온은 거대한 위압감을 느끼면서 몸을 떨었다.

절정의 벽을 뚫고 초절정의 벽을 어렴풋하게나마 느끼고 있는 제온이었지만, 프레스칸을 향해 다가가는 로이드가 발하는 위압감은 제온이 감히 거스를 만한 것이 아니었다.

"이…… 빌어먹을……!"

프레스칸은 고함을 지르면서 수인을 맺었다. 그 즉시 시커먼 마력이 프레스칸의 발아래에서 솟구쳤다.

로이드는 프레스칸이 펼치는 마법을 보면서 코웃음을 쳤다. 마찬가지로 로이드가 수인을 맺었고, 로이드를 덮치던 검은 마력이 환한 금색의 빛에 밀려났다.

"만전의 너도 나를 상대할 수 없을 텐데. 약해진 지금 상태에서 나와 싸우겠다는 거냐?"

"이…… 괴물 자식!"

"누가 누구보고 괴물이라는 것인지 모르겠군."

로이드가 이죽거렸다. 로이드가 발하는 금색의 빛은 어둑한 공동을 환하게 밝혔다.

주춤거리며 물러선 프레스칸은 선택을 강요받게 되었다.

이대로 가다간 로이드와 싸우다가 치명적인 상처를 입고 육체를 잃은 뒤 라이프 포스 배슬이 있는 곳으로 돌아가게 된다. 차라리 그것만으로 끝난다면 프레스칸은 망설임 없이 그것을 선택했을 것이다.

하지만 그것으로 끝나지 않는다.

두 개의 심장. 저것은 프레스칸이 리치가 되면서까지 도달하고 싶어 했던 비원의 극의다.

결국 프레스칸은 입술을 씹으면서 외쳤다.

"눈을 떠라!"

그 외침에 심장이 고동 소리를 발했다. 하나의 심장이 미친 듯이 뛰는 소리를 내더니 심장을 중심으로 하여 거대한 마력이 휘몰아쳤다.

로이드는 흠칫 놀라 허공을 올려 보았다. 아무것도 느껴지지 않기에 내버려 두었는데 지금은 아니었다. 박동하는 심장이 내뿜는 마력과 불길함은 로이드를 위협하기에 충분했다.

"너…… 대체 뭘……!"

"보아라!"

프레스칸이 부르짖었다. 어쩔 수 없는 선택이기는 했지만, 프레스칸은 자신이 평생을 바쳐 만들어낸 비원의 극의를 보며 깊은 경외를 느꼈다.

휘몰아치던 마력이 육체가 되었다. 로이드는 급히 수인을 맺어 심장을 향해 마법을 쏘아냈으나, 로이드의 마법은 심장에 가까이 가지도 못하고 허공에서 소멸해 버렸다.

육체가 완성되었다. 천천히 바닥으로 내려온 것은 장성하지 않은 소녀의 모습을 하고 있었다. 하지만 인간은 아니다.

심장이 발하던 불길한 마력은 소녀의 몸 안에 그대로 내재되어 있었다.

"너…… 대체…… 뭘 만든 거냐……?"

로이드가 더듬거리며 물었다. 그 질문에 프레스칸이 양팔을 크게 펼치며 외쳤다.

"궁극의 존재!"

그 외침에 답해주는 것처럼 소녀가 눈을 떴다. 기세 좋게 외치기는 했지만 심장도 육체도 아직은 미완성이다. 게다가 급하게 불어넣은 탓에 조율도 제대로 되어 있지 않다. 그렇다고 해도 이 급박한 상황을 타개하기 위해서는 어쩔 수가 없었다.

'남은 하나를 완전하게 만들면 돼. 우선 지금 상황을…….'

그런데 상태가 이상하다. 소녀는 멀뚱히 서 있기만 할 뿐,

그 외의 행동은 취하지 않았다. 소녀의 등을 보고 있던 프레스칸이 급히 외쳤다.

"저놈을 죽여!"

소녀는 대답하지 않았다. 그저 멍하니, 허공을 올려다볼 뿐이었다.

높은 허공에서 남은 하나의 심장은 침묵하고 있었다.

경계 어린 눈으로 소녀를 보던 로이드의 눈썹이 꿈틀거렸다. 무슨 상황인지는 알지 못했으나 이것은 로이드에게 있어서는 절호의 기회였다.

로이드가 수인의 형태를 바꾸었다.

콰아아아!

금색의 물결이 소녀를 덮쳤다. 멍하니 심장을 올려 보고 있던 소녀의 눈동자가 아래로 내려왔다.

파아앙!

소녀를 덮치던 로이드의 마법이 그대로 허공에 흩어져 버렸다. 현상이 마나로 되돌아가는 것을 보면서 로이드의 입이 쩍 벌어졌다.

'디스펠? 아니, 말도 안 돼. 내 마법을 디스펠했다고? 영창도 없이?!'

"좋아!"

프레스칸이 쾌재를 불렀다. 그 외침에 소녀가 머리를 돌렸다. 프레스칸은 자신을 바라보는 소녀의 눈을 보고서 흠칫 굳어버렸다.

그 무감정한 눈에는 살의가 담겨 있지는 않았으나, 그렇다고 해서 다른 감정이 담긴 것도 아니었다. 봉제 인형처럼 생기 없는 눈동자를 보면서 프레스칸은 뒷걸음질 쳤다.

"뭐…… 뭐냐. 나는 네 주인, 아니, 아버지야!"

"알고 있어요."

급히 외친 말에 소녀가 머리를 끄덕거리며 대답했다. 그렇게 말하는 소녀의 눈동자에는 아주 순간이나마 아쉬움이 스쳐 지나갔다. 그 대신에, 소녀의 눈이 제온에게 향했다.

"저건 괜찮죠?"

"……응?"

"나는 배가 고파요."

소녀가 중얼거렸다.

순식간에 일어난 일이었다. 프레스칸이 뭐라고 답하기도 전이었다. 어느새 소녀는 제온의 앞에 있었고, 소림의 속가제자이자 절정고수인 제온은 소녀의 접근을 알아차리지 못했다.

제온이 반응하기도 전에 죽음은 제온의 의식을 밀어냈다.

그렇게 제온은 죽었다.

소녀는 제온의 가슴에 박혀 있던 손을 뽑아냈다.

프레스칸은 멍청히 서서 소녀의 뒷모습을 보았다. 할 말을 잃은 것은 로이드도 마찬가지였다. 둘 다 소녀의 움직임을 보지 못했다.

소녀는 손에 움켜쥐고 있던 제온의 심장을 빤히 보더니 입을 크게 벌려 그것을 씹었다.

"하, 하하하……."

프레스칸은 희열에 차서 웃었고.

"……괴물……!"

로이드는 적의를 불태웠다.

리치가 했던 말들을 머릿속에 넣어둔다.

제물로서의 가치, 인과율.

혼란스러웠다. 마음속에 잔재한 공포에 대한 기억은 아직까지 이성민의 몸을 떨게 만들고 있었다.

죽을 뻔했다.

그것은 틀림없는 사실이었다.

그런데…… 죽지 않았다. 죽음을 회피하게 된 이유에 대한 납득이 되지 않는다. 그, 뭔지 모를 공포는 왜 이성민을 제물로 받지 않은 것일까.

'나 말고 또 있었어.'

이성민은 조심스레 닫힌 문을 향해 다가갔다.

리치가 말했었다. 이성민 외에 인과율이 비틀어진 존재와 만난 적이 있다고. 그 존재가 누구인지는 모르겠지만, 베른과 제온을 비롯한 다른 용병들을 어린아이처럼 가지고 놀던 리치를 압도하는 강함을 가지고 있다는 것은 확실했다.

누구일까?

리치에게 그것을 물어보고 싶었지만, 그렇다고 리치를 찾아갈 수는 없었다.

사실 그것 외에도 이성민은 리치에게 묻고 싶은 것이 많았다.

지금 이성민은 마갑을 입고 있다.

마갑 데브나크. 삼류 용병을 절정고수로 바꿔준 아티팩트.

바랐던 대로 마갑을 손에 넣기는 하였지만, 마갑은 이성민에게 아무런 영향도 주지 않았다. 그에 대해서는 리치도 의아해하고 있었다.

왜 마갑을 입었음에도 아무런 변화를 느끼지 못하는 것일까.

쿠우우웅!

이성민이 문을 열고 밖으로 나온 순간이었다. 지하에서 느껴진 거대한 굉음이 던전 전체를 뒤흔들었다. 이성민은 놀란 소리를 내며 자리에 주저앉았다.

뭐지?

그는 당황하여 주변을 둘러보았다. 바닥에서 울리는 굉음은 끊이지 않고 계속해서 터졌다. 거대한 힘을 가진 존재들이 충돌하고 있었다.

리치…… 리치가 싸우고 있는 것일까. 대체 누구와? 다른 용병들은 어떻게 되었지? 제온은?

의문이 계속해서 솟았으나, 그에 대해서 신경 쓰고 싶지는 않았다. 도망쳐야 했다.

리치가 어디로 간 것인지는 모른다. 리치가 왜, 이성민을 두고 방을 떠난 것인지도 모른다.

이유 따위는 중요하지 않다. 지금 이성민이 해야 할 것은 이곳에서 도망쳐 살아남는 것이다. 현재 이성민의 힘으로는 다시 리치와 마주하게 되었을 때 도망치는 것이 불가능하다.

씁쓸함을 느꼈다. 므쉬의 산에서 수행을 끝내고서 이성민은…… 자만하게 되었다. 전생에서는 도달하지 못했던 강함을 손에 넣었다.

절정고수, S급 용병.

에리아 어디를 가도 나름의 대우를 받을 수 있는 강함을 손에 넣었다. 그것에 자만하게 된 것이다.

무력감을 알게 되었다. 이성민이 손에 넣은 강함은 겨우 이 정도밖에 되지 않았다.

'진짜' 괴물을 상대로는 아무것도 할 수 없다. 이성민은 아랫입술을 잘근 씹었다.

운이 좋았다. 운이 좋아서…… 살아남았다.

정말 그런가?

우연은 없다는 말을 되새기면서 이성민은 다시 움직이기 시작했다. 회한도, 자학도, 자괴도 지금 하는 것보다는 던전을 빠져나간 뒤에 하는 것이 옳다.

바닥 깊은 곳에서 울리는 울림은 어느 순간부터 뚝 하고 멎었다. 강력한 존재들끼리의 충돌도 멈췄다. 대체 어떤 일이 벌어진 것일까.

그에 대한 의문을 무시하며 걸어 나가던 이성민의 머릿속으로 소리가 들려왔다.

[용병인가?]

탈출구를 찾기 위해 이동하던 도중이었다. 누군가가 이성민의 머릿속에 말을 걸었다. 리치의 목소리는 아니었다. 이성민은 흠칫 놀라 그 자리에서 굳었다.

[아…… 놀라지 말게. 나는 자네의 적이 아니야. 내가 지금 자네에게 말을 거는 것은 자네에게…… 부탁하고 싶은 것이 있기 때문이야.]

그리 말하는 목소리에는 진한 피로감이 느껴졌다. 이성민은 어리둥절한 표정으로 주변을 둘러보았다.

[내 이름은 로이드. 금색 마탑의 탑주를 맡고 있네. ……나를 아는가?]

알고 있다. 금색 마탑의 탑주, 로이드. 이성민이 살았던 전생에서도 한창 이름을 날렸던 대마법사 중 하나다.

레시르 학파를 창립한 스칼렛이 그 후에 붉은 마탑의 탑주가 되었는데, 로이드는 그 이전부터 금색 마탑의 탑주로서 에리아에서 손꼽히는 대마법사 중 한 명이었다.

하지만 로이드는 죽었다. 정확히 말하자면 행방불명이었다. 거의 10년 가까이 행방불명이었으니, 사실상 죽었다고 봐야만 했다.

생각해 보면…… 대마법사로 이름을 떨치던 로이드가 행방불명되는 것은 지금과 시기가 비슷했다.

[부탁이 있네. 지금 내가 운신이 힘든 상태라 그런데…… 나를 도와줄 수 있겠나?]

"……당신이 정말로 로이드란 말입니까?"

이성민은 더듬거리며 물었다. 이 질문을 로이드가 들을 수 있을지는 의문이었지만,

[마나에 걸고 맹세하지. 나는 로이드가 맞네. 금색 마탑의 탑주 로이드가 맞아. 그리고…… 나는 결코 자네를 해하지 않을 것일세.]

다행히 로이드는 이성민의 질문을 듣고, 그에 대한 답을 해주었다. 마법사에게 있어서 마나에 대한 맹세는 절대적이다.

이성민은 조금 안심하고서 다시 질문했다.

"흑마법사…… 리치는 어떻게 되었습니까?"

[리치…… 프레스칸을 말하는 것이겠지? 그는 이곳에 없네. 도

망쳤어.]

로이드가 대답했다. 지하에서 느껴지던 폭음의 정체는 로이드와 리치가 싸우는 소리였던 모양이다.

"어떻게 도와달라는 겁니까?"

[일단 이곳으로 와주게. 찾아보면 길이 있을 게야. 더는…… 말하기가 힘들군. 마력이 고갈되기 직전이라…….]

로이드의 목소리에 힘이 빠졌다. 이성민은 잠깐 동안 고민했고, 로이드가 마지막으로 덧붙였다.

[나를 도와준다면 그에 대한 보상은 해주겠네.]

이성민은 한숨을 내쉬었다. 리치가 도망쳤다고 하니, 더 이상 이곳에 이성민을 위협할 만한 존재는 없다. 로이드가 마나에 걸고 맹세까지 하였으니 더더욱.

결국 이성민은 왔던 길을 되돌아가 지하로 이어지는 길을 탐색했다.

굳게 닫힌 철문에 자물쇠는 없었다. 이성민은 철문을 열고 들어가 지하로 이어지는 계단을 발견했다. 습기 찬 곰팡내를 맡으며 계단을 내려가자 드넓은 공동에 도착했다.

공동은 엉망이었다. 바닥은 가뭄기의 논밭처럼 갈라져 있었고, 곳곳에 폭탄이라도 터뜨린 것 같은 큼직한 파괴의 흔적이 남아 있었다.

공동에 도착해 주변을 둘러보던 이성민의 얼굴이 뻣뻣하게 굳었다.

제온의 시체가 보였다. 미라처럼 말라 비틀어진 시체의 곁에 제온은 창백한 얼굴로 누워 있었다. 뻥 뚫린 가슴의 상처가 보인다. 상처에서 흘러넘친 많은 피가 제온의 죽음을 확정짓고 있었다. 설마 이곳에서 제온의 시체를 보게 될 것이라고는 상상도 하지 못했다.

이성민의 전생에서 제온의 죽음은 존재하지 않았다. 이성민이 C급 용병이 되어 던전을 발견하기 전까지만 해도 제온은 살아 있었다.

그런데…… 지금 생에서는 제온이 죽었다.

절정고수의 벽을 진즉에 뛰어넘은 제온의 시체는 이성민으로 하여금 복잡한 기분을 느끼게끔 했다.

이성민은 제온을 경계하고 있었다. 루드에게 걱정 어린 말을 듣기도 했고, 제온 본인이 이성민을 대하는 태도도 경계심을 갖게 하기에 충분했었다.

"이쪽일세."

이성민이 제온에게 다가가기도 전에 로이드의 목소리가 들렸다. 이성민은 흠칫 놀라 소리가 난 방향을 돌아보았다.

"나는…… 운이 좋군."

로이드의 얼굴은 피로 흠뻑 젖어 있었다. 어떻게 목숨을 구제하기는 하였지만 치명상은 피할 수가 없었다.

이성민은 급히 경공을 펼쳐 로이드에게 다가갔다.

"설마 생존자가 있을 것이라고는 생각하지 못했어."

"……무슨 일이 있었던 겁니까?"

이성민은 로이드를 향해 몸을 숙이면서 물었다. 로이드는 마른기침을 내뱉었고 기침에 피가 섞여 나왔다.

"별것 아닐세. ……프레스칸을 죽이려 했는데…… 프레스칸의 키메라가 생각보다 너무 강했어. 프레스칸이 만전의 상태가 아니었기에 그나마 동수를 이루고 쫓아내는 것이 가능했지. 덕분에 내 목숨도 건질 수가 있었고."

품고 있던 의문에 대한 답이 제시되었다.

왜 리치가 마갑도 챙기지 못하고 던전을 떠났던 것인가. 금색 마탑의 탑주인 로이드가 왜 행방불명이 되었는가.

전생에서는 아마 이런 일이 벌어졌을 것이다. 로이드가 이곳에 찾아와 리치와 싸움을 벌였다. 리치는 로이드와의 싸움에서 승리하기는 했지만, 치명적인 상처를 입고 이 던전에서 도망치게 되었을 것이다. 그리고 구명받지 못한 로이드는 이곳에서 죽었다.

"……나에게 무엇을 부탁하고 싶은 겁니까?"

"나를 데리고 이곳에서 탈출해 주게. 나는…… 마력이 고갈되어서 움직이는 것이 힘들어. 자네에게 텔레파시를 보낸 것도 남은 마력을 간신히 긁어모아 가능했던 것이야."

로이드가 씁쓸하게 웃으며 말했다.

"그리고…… 또 하나. 저 위에 떠 있는 심장. 저것을 파괴해 주게."

그 말에 이성민은 머리를 들어 하늘을 올려 보았다. 로이드가 말한 대로였다. 높은 하늘 위에 심장이 떠 있었다.

"본래는 내가 하려고 했지만…… 말했듯이, 지금의 나는 마력이 고갈된 상태라. 그렇다고 나중에 돌아와 저것을 파괴하기에는…… 프레스칸이 다시 돌아올 가능성이 있으니. 지금 당장 심장을 파괴해 두는 것이 마음이 편할 것 같아."

"……저게 대체 뭡니까?"

"나도 모르네."

로이드가 한숨을 쉬며 대답했다. 정체를 알 수 없는 키메라 소녀와 프레스칸과 싸웠고, 그들을 쫓아내기는 했지만 로이드는 저 심장이 대체 무엇인지는 모르고 있었다.

"하지만 저것은 위험해. 그것은 확실하네."

키메라 소녀는 강했다. 아니, 단순히 그런 것이 아니라 키메라 소녀가 사용하던 힘은 굉장히 기묘하고 불길했다.

치명적인 상처를 입은 둘은 남은 심장조차 챙기지 못하고 도주했지만, 언제 다시 돌아와 저것을 다시 취할지 모르는 일이다.

"……알겠습니다."

로이드가 더 이상 말하는 것은 힘들어 보였기 때문에 이성민은 머리를 끄덕거렸다.

본래는 행방불명되어 죽어야 할 로이드를 살리는 것이 앞으로 어떤 변수를 만들지는 모르는 일이었지만, 대마법사인 로이드와 인연을 만들어 두어 나쁜 일은 없을 것 같았다.

이성민은 창을 꽉 쥐고 위를 올려 보았다.

문제는 사소한 곳에서 발생했다. 이성민은 하늘을 날 수 없다. 강기를 쏘아내는 경지에도 도달하지 못했다. 공중에 떠 있는 심장을 공격하여 파괴할 방법은, 지금의 이성민에게는 그리 많지 않았다.

이성민은 머뭇거리다가 창을 심장을 향해 던졌다.

쉬이익!

투창은 허공을 찢어발기며 심장을 향해 날아갔다. 하지만 쏘아낸 기세는 좋았음에도 심장을 꿰뚫지는 못했다.

내공을 가득 주입해 던졌음에도 심장 가까이 다가간 순간 속도가 크게 줄어들더니 제대로 닿지도 못하고 바닥으로 떨어져 버렸다.

"그리 쉽지는 않을 거야."

로이드가 꺼질 듯 작은 목소리로 중얼거렸다. 로이드가 펼친 마법으로도 심장을 어찌하지 못했었다.

이성민은 혀를 차면서 떨어진 창을 주웠다. 투창으로는 힘이 부족하다. 이성민은 심장이 떠 있는 거리를 가늠해 보고서 무릎을 낮추었다.

타악!

높이 도약한 이성민의 몸이 심장이 떠 있는 위치까지 솟구쳤다.

공중에 떠오른 이성민은 호흡을 삼키면서 양손에 쥔 창에 내공을 가득 불어넣었다. 그리고 심장을 향해 창을 찔렀다.

그 순간이었다. 심장을 휘감고 있던 마력이 크게 부풀었다. 그것은 외부의 공격에서 심장을 보호하기 위해 기능했다.

두근거리는 박동 소리가 커지면서 마력이 이성민의 창을 밀어낸다. 이성민은 양손에 전해지는 저항감에 입술을 씹으면서 창을 밀어내는 손에 힘을 주었다.

두근.

심장이 뛰는 소리가 이성민의 귓속에 울린다. 쿵쿵거리며 뛰는 이성민의 심장이 보조를 맞춘다. 창은 계속해서 앞으로 향했고, 어느 순간 이성민의 양손에 느껴지던 저항감이 사라졌다.

창두와 심장이 닿는다.

꿰뚫었다.

꿰뚫었나?

푸확!

심장이 사라졌다. 이성민의 창은 허공을 꿰뚫었다.

이성민은 무슨 일이 벌어진 것인지 몰라 눈을 크게 떴다.

이성민의 심장이 한 번 멈추었다. 턱하고 막히는 호흡에 이성민의 입이 헉하고 벌어졌다. 공중에서 크게 휘청거린 이성민은 자신도 모르게 창을 놓았다. 창이 바닥으로 떨어지고, 그와 함께 이성민의 몸이 바닥으로 추락했다.

땅에 닿기 전, 이성민의 심장이 다시 뛰었다.

두근, 두근.

심장이 뛰는 소리가 귀에 들린다. 그 소리에 이성민은 이질감을 느꼈다. 급히 몸을 추슬러 바닥에 어떻게든 내려서기는 했지만, 뛰는 심장 소리에 대한 이질감은 사라지지 않았다.

이성민은 어리둥절한 표정으로 왼쪽 가슴에 손을 얹었다.

['검은 심장'을 얻었습니다.]

이성민의 머릿속에서 목소리가 들렸다. 스킬을 익혔을 때와 똑같은 소리였다.

5장
심장(2)

'검은 심장? 뭐야 이건?'

이성민은 크게 당황하여 자신의 몸을 내려 보았다. 마갑에 휘감긴 몸에 아무런 변화는 느껴지지 않는다. 귓가에 맴돌던 거슬리는 심장 소리도 조용히 가라앉아 평소처럼 의식할 수가 없었다. 하지만 가슴 한구석에 무언가 꺼림칙한 것이 차 있는 이질감은 남아 있었다.

이성민은 왼쪽 가슴을 손으로 짓누르면서 호흡을 가다듬었다.

이성민은 우선 상태창을 열어 보았다. '검은 심장'이라는 것이 무엇인지는 모르겠지만 스킬을 익혔을 때처럼 목소리를 들었으니 상태창에서 확인할 수 있을 것이라 생각했다.

생각대로였다.

검은 심장
-리치 프레스칸이 바라던 비원의 궁극.

문제는 이것이었다. 상태창으로 확인할 수 있는 스킬은 다른 스킬들이 그러하듯이 설명이 너무 모호했다.

프레스칸이 바라던 비원의 궁극이라고는 하지만 도대체 그 비원은 무엇이고 궁극은 또 무엇이란 말인가.

이성민이 기억하는 리치, 프레스칸에 대한 인상은 여자가 되고 싶다느니 자식을 낳고 싶다느니 하는 개소리를 늘어놓던 미친놈이었을 뿐이다.

"저…… 로이드 님?"

이성민은 머뭇거리다가 로이드를 불렀다. 로이드는 이성민에게 심장을 파괴해 달라고 부탁했지만, 의도치 않게 파괴해야 할 심장을 취해 버렸다. 이성민은 난감함을 느끼며 로이드를 불렀다.

"로이드 님?"

하지만 로이드는 대답하지 않았다. 이성민은 화들짝 놀라 로이드를 향해 다가갔다. 쓰러져 있던 로이드가 움직이지 않고 있었다.

이성민은 급히 로이드의 맥을 짚어 보았다. 다행히도 로이드는 죽은 것이 아니라 기절했을 뿐이었다.

중상이라고 생각했던 상처는 막상 보니 크게 심하지는 않았다. 아니, 그렇게 되어가고 있었다. 이성민은 눈에 보이는 속도로 재생되고 있는 로이드의 상처를 보면서 혀를 내둘렀다.

이성민은 로이드의 몸을 부축하려다가 머리를 스치는 생각이 있어 잠깐 멈췄다. 이성민은 몸을 돌려 제온을 향해 다가갔다.

갑작스러운 죽음이었던 것일까. 제온의 눈은 부릅떠져 있었다.

이성민은 짧은 한숨을 쉬며 제온의 얼굴을 향해 손을 뻗었다. 머뭇거리던 손으로 뜨고 있던 제온의 눈을 감겨주고서 이성민은 제온의 품을 뒤졌다.

자그마한 천 주머니가 손에 잡힌다. 이성민은 조심스레 그것을 빼냈다. 손바닥만 한 크기의 주머니였지만 입구를 열어 손을 집어넣으니 팔까지 쑥 들어갔다.

안을 더듬어 보니 몇 가지 잡다한 물건들이 손에 잡혔다. 이성민은 그중에서 하나를 잡고서 손을 빼냈다.

'백보신권'.

낡은 책에는 그렇게 적혀 있었다. 그것을 본 순간 이성민의 가슴은 쿵쾅거리며 뛰었다.

백보신권이라면 소림 하면 떠오르는 가장 유명한 권법 중 하나로, 제온이 익힌 신공절학이었다.

내친김에 안을 조금 더 뒤져 보자 몇 가지 무공서를 더 꺼낼 수 있게 되었다.

이성민은 꺼내놓은 달마심법과 나한보법을 내려 보며 감탄을 터뜨렸다. 모두가 소림의 절기였다.

자하신공과 무영탈혼을 익힌 이성민으로서는 달마심법과 나한보법에는 욕심이 가지 않았지만 백보신권에는 욕심이 들었다. 창을 휘두를 수 없는 상황을 위한 권법을 익혀둬서 나쁠 것은 없다고 생각했기 때문이다.

'제대로 익힐 여유는 없겠지만…….'

하지만 익혀둔다면 위급할 때에 사용할 수는 있으리라.

하지만 당장 익힐 수는 없었기 때문에 이성민은 세 개의 무공서를 자신의 아공간 포켓에 집어넣었다. 그리고 다시 제온의 아공간 포켓을 뒤졌다.

두 개의 목함. 그중 하나는 눈에 익었다. 제온이 이성민을 코로나 용병단으로 끌어들이려고 할 때 보여주었던 목갑이었다.

이성민은 꿀꺽 침을 삼키며 목갑을 열어보았다.

소림의 비전 영약인 소환단이 얌전히 놓여 있었다. 이성민은 너무 기뻐 춤이라도 추고 싶은 기분이었지만, 그런 충동을 꾹 누르면서 다른 목갑을 열어보았다.

확 하고 밀려온 청량한 향기가 이성민의 코를 뻥 뚫었다. 목갑 안에 놓인 것은 소환단보다 조금 크기가 큰 붉은 단환이었다.

대환단.

이성민은 대환단을 직접 본 적이 없었지만, 저것이 대환단임을 믿어 의심치 않았다.

이성민은 떨리는 손으로 목갑들을 닫고서 그것들을 자신의 아공간 포켓에 집어넣었다.

"……너무 원망하지는 마십시오. 이대로 두는 것보다는 누군가가 챙기는 것이 낫지 않겠습니까."

이미 죽은 제온에게 그렇게 중얼거린 뒤 이성민은 제온의 몸을 조금 더 뒤져 보았다.

아쉽게도 아공간 포켓 외에 다른 물건은 집히지 않았다.

이성민은 제온의 아공간 포켓을 챙긴 뒤에 다른 용병들의 몸을 뒤져 그들이 가진 아공간 포켓도 챙겨두었다.

챙길 것을 챙긴 뒤에 이성민은 로이드의 몸을 부축했다. 그러고는 던전 밖으로 나가는 길을 찾았다.

본래의 생각은 베른이나 다른 용병의 시체에서 대형 아공간 포켓을 찾아 사망자들의 시체를 수습하는 것이었지만, 생각대로 되지는 않았다. 제온과 미라가 된 용병들을 제외한 다른 용병들은 시체조차 남아 있지 않았기 때문이다.

결국 이성민은 제온과 미라가 된 용병들의 시체를 로이드와 함께 짊어지고서 계단을 올라갔다. 던전의 다른 아티팩트를 챙기지 못하는 것이 아쉽기는 했지만, 대환단과 소환단에 소림의 비급까지 취했으니 절대로 손해라고는 할 수 없었다.

던전 밖으로 나왔을 때, 해가 저물고 있었다. 정오가 되기 전에 던전으로 돌입했었으니 못해도 반나절은 넘는 시간이 흐른 것이다.

이성민은 한숨을 내쉬면서 등에 업힌 로이드를 힐긋 보았다. 로이드는 고른 호흡을 뱉으며 기절해 있었다.

다행히 던전과 멀지 않은 곳에 마차와 말을 내버려 두었기 때문에 돌아가는 것은 큰 문제가 되지 않았다.

휴식을 취하고 있던 마부들은 이성민이 기절한 로이드와 시체들을 데리고 돌아온 것을 보며 경악했지만, 이성민이 대충 사정을 설명하자 일단은 납득해 주었다.

"베헨게르로 돌아갑시다."

이성민은 피로에 전 목소리로 그렇게 말했다.

던전에서 보낸 시간은 고작해야 반나절이었지만, 너무…… 너무 많은 일을 겪었다. 머릿속은 생각들로 인해 복잡하게 엉켜서 터져 버릴 것만 같았다.

덜컹거리는 마차의 안에서 이성민은 던전에서 알게 된 사실들을 정리하기로 했다. 품 안에 언제나 넣고 다니던 수첩을 꺼내 펜을 쥐었다.

1. 인과율이 비틀어진 존재는 나 이외에 또 존재하고 있다.

그가 누구인지는 모르겠지만, 그렇게 강력하던 리치가 자신이 감히 어찌할 수 없는 존재라고 한 것을 보아 초절정 고수 이상의 실력을 가진 것으로 보인다.

2. 나에게는 인과율이 비틀어진 것 이외에 다른 무언가가 있다.

김종현은 그에 대해서 뭔가를 알고 있지만 나에게 말해줄 수는 없다. 리치가 불러들인 존재는 나를 제물로 받는 것을 거부했다.

2-1. 하지만 므쉬와 네블은 나의 혼에 욕심내고 있다.

리치가 불러들인 존재와 므쉬, 네블이 무슨 차이를 가지고 있는 것인지는 모른다.

2-2. 회귀한 뒤로 나는 주변 사람들에게 이상할 정도의 호의를 받고 있다.

3. 전생에서의 마갑은 삼류 용병을 절정고수로 바꾸었으나, 나는 아무런 변화를 느끼지 못하고 있다.

4. 검은 심장이라는 것을 얻었지만 이것이 무엇인지는 알 수가 없다.

5. 본래는 죽었어야 할 로이드가 살게 되었다.

로이드는 그에 대한 보답을 해주기로 했으나, 무엇을 받게 될지는 모른다. 나 이외에 다른 용병들은 모두 죽었다. 제온에게서 대환단과 소환단, 소림의 비급을 얻었다.

이성민은 자신이 써 내린 글들을 쭉 보았다. 복잡한 생각을 글로 풀이하니 그나마 머릿속이 차분해졌다. 문제는 이렇게 글로 써봤자 저들 중 그 무엇에도 대답을 내놓을 수 없다는 것이다.

'애초에 전생의 돌에 뭔가가 있는 건가?'

이성민은 미간을 찡그리면서 생각에 잠겼다.

전생의 돌을 쥐었을 때는 대수롭지 않았다. 그냥 웬 돌인가 싶었고, 그 뒤에 얼마 버티지 못하고 죽었다.

그나마 마갑이나 검은 심장 같은 것에 대한 답을 알려줄 수 있는 존재를 알고 있다는 것을 이성민은 다행으로 여겼다.

베헨게르에 도착했을 때에는 밤이 깊었다. 이성민은 바로 용병 길드로 돌아가 던전에서 일어난 참상에 대해 알렸고, 그에 대한 증거로서 제온과 미라가 된 용병들의 시체를 내려놓았다.

"기, 길드장님은 어떻게 된 건가?"

베른이 자리를 비웠을 때에 길드장 대리를 맡는 중년의 용병이 다급히 물었다. S급 용병인 조영이었다. 몇 번 보기는 하여 안면을 익히기는 했지만 이성민과 그리 친한 사이는 아니었다.

"돌아가셨습니다."

베른의 죽음은 이성민도 씁쓸함과 안타까움을 느끼고 있었다. 베른은 이성민에게 제법 호의적이었기 때문이다.

"마…… 말도 안 돼."

"자세한 것은 나중에 설명해 드리겠습니다."

"뭐? 어디를 갈 셈인가! 이보다 급한 일이 어디에 있다고……!"

"금색 마탑의 탑주, 로이드 님이 부상을 입으셨습니다. 제가 목숨을 건질 수 있었던 것은 로이드 님이 흑마법사의 던전에 나타나 흑마법사를 던전에서 쫓아내 준 덕분이었습니다. 그 과정에서 로이드 님은 큰 부상을 입으셨고요."

"금색 마탑의 탑주……? 저, 정말인가?"

조영의 눈이 휘둥그레 떠졌다.

금색 마탑의 탑주라면 베헨게르 용병 길드 지부장보다 급이 높다.

애초에 마탑이라는 것은 마법사 길드 안에서도 특별 취급을 받는 곳이다. 마탑의 탑주라면 마법사 길드에서도 열 손가락 안에 꼽히는 실력과 명성을 가진 대마법사라는 뜻이니 조영이 경악하는 것도 당연했다.

"예, 그러니 우선 로이드 님을 마법사 길드로 모셔다드리고 싶습니다만……."

"……그렇다면…… 어쩔 수 없지. 알겠네."

결국 조영이 태도를 굽힐 수밖에 없었다. 조영은 마차에 실린 제온의 시체를 보며 씁쓸한 표정을 지었다.

"설마 코로나 용병단의 단장인 제온이…… 이렇게 죽을 줄이야. 베른 님도…… 후우!"

이성민은 한숨을 내쉬는 조영을 뒤로하고서 로이드를 등에 업었다. 마법사 길드는 용병 길드와 멀지 않은 곳에 있었기 때문에 이동하는 것에 오랜 시간은 걸리지 않았다.

이성민이 로이드를 데리고 마법사 길드를 방문하자 길드는 뒤집혔다. 금색 마탑주인 로이드가 부상을 입고 업혀 들어왔다는 것은 베헨게르의 마법사 길드를 뒤흔들기에 충분한 사건이었다.

이미 늦은 밤이었지만 마법사 길드에 소속된 마법사들은 부산히 움직이며 로이드를 회복시키기 위한 방법을 강구했다.

"오버하기는."

어느새 다가온 스칼렛이 투덜거렸다. 벽에 등을 기대고 서 있던 이성민은 다가온 스칼렛을 향해 살짝 묵례를 해주었다.

"보니까 상처도 이미 다 재생되었던데. 저건 마력이 고갈되어서 기절한 것뿐이야. 어느 정도 마력이 돌아오면 멀쩡하게 눈 뜰걸."

"그러면 따로 치료는 필요 없는 것 아닙니까?"

"그렇기는 하지. 그래도 보여주기식은 필요한 법이잖아. 뭐라도 바쁘게 하는 척을 해야 나중에 저 대단하신 금색 마탑주가 눈을 떴을 때 체면치레를 하지."

스칼렛이 낄낄거리면서 웃었다. 말하는 것에서 전해지는 태도로는 스칼렛은 '마탑주'라는 것을 그리 좋아하지는 않는 듯했다.

"모든 마법사는 마탑주를 존경하지 않습니까?"

"존경은 무슨. 나는 마탑주라는 늙은이들이 그리 마음에 들지는 않아. 그 늙은이들은 비밀투성이거든. 제자도 안 들이고. 자기들이 익힌 마법과 알게 된 지식을 남들과 공유하지도 않지."

앞으로 몇 년 지나지 않아 레시르 학파를 창설하고, 붉은 마탑의 주인이 되는 스칼렛에게서 저런 말을 들으니 기분이 이상했다.

사람은 변하게 마련이겠지만 앞으로 몇 년 동안 스칼렛에게서 대체 무슨 심경의 변화가 일어나게 되는 것일까.

"그보다 너…… 갑옷이 멋진걸. 어디서 난 거야?"

"……우연히 기회가 있었습니다."

"듣자 하니 다른 용병들은 다 죽었다며? ……운이 좋았네. 다행이라고 생각해. 네가 죽었으면 꿈자리가 사나웠을 거야."

"저를 걱정해 주시는 겁니까?"

"꼬맹이가 징글맞은 소리 하기는. 그냥 아는 사람이 죽으면 기분이 더러워지는 것이 당연하잖아."

스칼렛이 투덜거리면서 이성민의 머리를 쥐어박았다.

"야밤에 뭐 이리 시끄러운가 했더니."

익숙한 목소리가 들려오자 이성민은 뒤를 돌아보았다. 새하얀 가운을 입은 김종현이 하품을 하며 서 있었다.

"호오."

하품을 하던 김종현이 입을 다물었다. 그는 가늘게 뜬 눈을 빛내면서 이성민을 바라보았다. 아니, 정확히 말하자면 이성민이 입고 있는 갑옷을 보았다.

"그거…… 꽤나 독특한 아티팩트로군요."

김종현이 묘한 미소를 지으면서 말했다. 이성민의 생각대로였다. 흑마법사, 그중에서도 스스로를 독특한 경우라고 표현했던 김종현은 이성민이 입고 있는 마갑이 무엇인지 간파하고 있었다.

"묻고 싶은 것들이 있습니다만."

"이곳은 너무 소란스럽군요. 제 방으로 가시죠."

김종현이 어깨를 으쓱거리며 말했다. 이성민은 스칼렛 쪽을 힐긋 보았다. 이성민과 시선이 마주치자 스칼렛은 질색이라는 듯 얼굴을 찌푸리면서 머리를 세차게 흔들었다.

"나는 저 또라이의 방에 들어가고 싶지 않아."

"저도 스칼렛 님을 초대한 적은 없습니다만."

김종현이 이죽거렸다. 그 말에 스칼렛은 두 눈에 쌍심지를 켜고 김종현을 노려보았고, 김종현은 그 매서운 시선을 유들유들한 웃음으로 받아넘겼다.

"자, 가시죠."

로이드 쪽이 신경 쓰이기는 했지만, 아직 로이드가 눈을 뜨지 않았으니 김종현과 이야기를 나눌 시간은 충분했다. 이성민은 김종현을 따라 지하로 내려갔다.

"무슨 일이 있었습니까?"

잘린 팔다리와 내장이 떠도는 김종현의 방은 여전히 살풍경했다. 김종현은 이성민에게 자리를 권해주면서 두 눈을 빛냈다. 아까 전의 무기력함은 더 이상 김종현의 눈에 남아 있지 않았다.

"……당신은 이 마갑의 정체가 뭔지 알고 있습니까?"

"알고 있지요. 이름까지는 모르지만, 그 마갑이 어떤 성능을 가진 아티팩트인지는 보입니다. 그리고 당신이 어떤 고민을 가지고 있는지도 대충은 알겠군요."

김종현이 웃는 소리를 냈다. 그는 양손을 비비면서 이성민의 얼굴을 빤히 보았다.

"그 마갑은 일종의 계약입니다. 지난번에도 했던 말이지만, 흑마법의 근원이라고 할 수 있는 것은 초월적 존재와의 계약입니다. 그 마갑은 정식적인 계약 과정을 생략하고서 일방적인 계약을 체결시키는 질 나쁜 물건이에요."

"……예?"

"어디 보자…… 자세한 것은 직접 만져 봐야 알 것 같은데."

김종현은 그렇게 중얼거리며 몸을 일으켰다. 그는 성큼거리며 이성민에게 다가오더니 이성민의 몸을 감싸고 있던 마갑을 손으로 더듬었다.

"흠, 직관적인 계약이군요. 이것은 착용한 인간의 잠재력을 격발시킵니다."

"그게 무슨 뜻입니까?"

"쉽게 말하면 이런 것이죠. 삼류 용병이 있다고 칩시다. 그 용병이 가진 잠재력은 절정고수에 준하는데, 노력이 부족해서 잠재력을 끌어올리지 못했다고 치죠. 이 마갑을 입게 된다면 잠재력을 끌어올리는 노력이 필요 없이, 삼류 용병은 절정고수의 실력을 갖게 되는 겁니다."

알기 쉬운 예시였다. 이성민은 전생의 기억을 떠올리면서 멍하니 머리를 끄덕거렸다.

"그럼 좋은 것 아닙니까."

"후후! 말하지 않았습니까. 일방적인, 질 나쁜 계약이라고. 마(魔)의 존재와 맺는 계약은 대부분이 종신형입니다. 스스로의 영혼을 바치는 대신에 그만한 힘을 얻는 것이죠. 왜 흑마법사들이 다른 인간의 영혼을, 가치 있는 영혼을 탐하는 것인지 아십니까? 계약한 존재에게 저당 잡힌 자신의 혼을 자유롭게 만들기 위해서입니다. 계약을 해지하고, 더 강한 힘을 받기 위해 계약한 마의 존재에게 혼을 갖다 바치는 것이죠."

"그렇다면……."

"그 마갑을 입게 된다면 강제적인 계약을 맺게 됩니다. 자신의 의사와는 상관없이 영혼을 저당 잡히게 되는 겁니다. 하지만…… 보아하니 당신은 마갑과 계약되지 않은 듯하군요."

"……아무 변화도 느끼지 못했습니다."

"그 경우에 대한 답은 두 가지입니다. 하나는 당신이…… 격발될 잠재력도 갖고 있지 못하거나. 아니면 당신이라는 존재가 계약 자체가 불가능한 혼을 가지고 있거나."

그 말에 이성민의 머리를 스치는 것이 있었다. 리치가 불러들인 존재는 이성민을 제물로 받는 것을 거부했다. 아무래도 마갑과 강제적인 계약이 맺어지지 않은 것은 그것과 관련이 있는 듯했다.

……어쩌면 이성민에게 잠재력이라는 것이 존재하지 않을지도 모른다는 답도 존재했지만 이성민은 그것에 대해서는 생각하고 싶지 않았다.

만약 그런 경우라면 이성민이 아무리 노력해 봐야 더 이상 성장이 불가능하다는 소리 아닌가.

"……이 마갑의 저주를 해제해 줄 수 있습니까?"

"어려운 일은 아닙니다. 그런데…… 당신은 나에게 무엇을 줄 수 있습니까?"

"……뭘 원하십니까?"

"대단한 것을 원하는 것은 아닙니다. 나는 그냥…… 궁금할 뿐입니다. 그 던전에서 무슨 일이 있었던 것인지. 금색 마탑 주인 로이드는 길드 내에서도 손에 꼽힐 정도로 강력한 마법사입니다. 그런 로이드가 중상을 입고 업혀서 돌아왔다니…… 믿기 힘든 이야기죠."

정보만으로 마갑의 저주를 해주받을 수 있다면 나쁜 거래는 아니다.

이성민은 잠깐 동안 생각을 정리한 뒤에, 던전에서 있었던 일에 대해 설명했다. 김종현은 두 눈을 반짝반짝 빛내면서 이성민의 이야기를 들었다.

"프레스칸."

이성민의 입이 열렸을 때 김종현은 머리를 끄덕거리면서 리치의 이름을 중얼거렸다.

"과연, 그 던전은 프레스칸의 던전이었나……. 그렇다면 용병들이 전멸당하는 것도 당연하겠군요."

"……그가 누구인지 알고 있습니까?"

"알다마다요. 프레스칸은 본래 마법사 길드의 마탑, 그중에서 흑마법사들로만 구성된 흑색 마탑의 탑주였습니다. 불과

10년 전까지만 해도요. 하지만 그는 자신의 비원을 위해 금기를 범하였고, 길드에서 퇴출당하게 되었지요."

"금기라면?"

"인체 실험입니다."

김종현이 웃음을 흘리며 말했다.

"아, 물론…… 대부분의 흑마법사는 인체 실험을 당연스레 하기는 합니다만. 중요한 것은 이겁니다. 들키느냐, 들키지 않느냐. 왜, 이런 법 아니겠습니까. 들키지만 않으면 된다는. 프레스칸은 운이 없었죠. 한창 인체 실험을 하던 것을 들켜 버렸으니까. 왜 금색 마탑주인 로이드가 던전으로 향했는지 알겠군요. 10년 전에 프레스칸의 추살 임무를 받은 것이 로이드였습니다."

"그때의 프레스칸도 리치였습니까?"

"대마법사의 경지에 도달한 흑마법사 중 리치가 아닌 자를 찾는 것이 힘들 정도입니다. 리치가 된다면 흑마법사는 굉장히 쉽게 힘을 얻을 수 있어요. 육체를 잃는다는 것이 흠이긴 합니다만 마도의 길을 걷는 이들은 다들 정신이 나간 광인들입니다. 육체를 잃게 되는 것쯤은 신경 쓰지 않죠."

나야 뭐 워낙에 특별한 경우라.

김종현은 그렇게 중얼거리면서 어깨를 으쓱거렸다.

"생각할 거리가 많은 이야기로군요. 인과율이 비틀린 존재가 또 있다는 것도 그렇고…… 프레스칸은 당신을 제물로 바치려고 하였으나 거부당했죠. 흐으음…….”

김종현은 의자를 뒤로 기울이면서 턱을 어루만졌다.

“……프레스칸이 계약한 마의 존재는 ‘공포의 마왕’입니다. 심연을 적시는 공포. 그렇게도 불리는 초월적인 존재죠. 그와 계약하지 않은 저로서는 이름까지는 알지 못하지만…… 이건 굉장히 특이한 경우입니다. 공포의 마왕은 가진 권능의 성질상, 자신과 계약하지 않은 모든 격이 달리는 존재를 시선만으로 미치게 만들 수 있어요. 하지만 당신은 미치지 않았군요. 뭐 그건…… 공포의 마왕이 당신의 혼을 거부했다는 이야기와 이어지기에 납득이 되는군요.”

“어째서입니까?”

“말할 수 없습니다. 지난번과 똑같은 이유예요. 당신 스스로 생각해 보십시오. 그리 어려운 문제는 아닙니다.”

김종현이 웃으며 말했다.

방 안이…… 조금 춥게 느껴졌다. 이성민은 가볍게 몸을 떨면서 뒷목을 어루만졌다.

기분 탓일까. 차가운 칼날이 피부에 닿은 것 같은 느낌이었다.

“……내 혼이 다른 누군가의 것이기 때문에?”

“대답할 수 없습니다.”

"내 혼을 소유한 존재가 공포의 마왕보다 격이 높은 존재라서 공포의 마왕이 나를 제물로 받지 못했다?"

"대답할 수 없습니다."

김종현은 두 눈을 감고 말했다.

맞다 틀리다, 머리를 끄덕거리거나 가로저으면서 확인해주는 것도 불가능한 모양이었다.

"……므쉬는 내 혼을 받고 싶어 했는데."

"대답할 수 없습니다."

결국 이성민은 이 문제에 대해 김종현에게 답을 받는 것은 포기했다. 김종현을 비난할 수는 없었다. 그 역시 죽고 싶지는 않을 테니까.

"……검은 심장. 이게 뭔지 모르겠습니다."

"……참 묘하단 말이지요."

끼익, 탁.

뒤로 기울였던 의자가 제 자리로 돌아왔다. 김종현은 다리를 꼬고 앉아 이성민의 가슴을 빤히 보았다.

"검은 심장…… 당신은 허공의 심장이 갑자기 사라져 당신의 몸에 흡수되었다는 식으로 말했습니다만. 내 '눈'에는 당신에게서 그런 이질적인 기운이 읽히지 않아요."

"……예?"

"굉장히 묘하단 말이죠. 프레스칸이 아무리 나보다 수준 높은 마법 실력을 가지고 있다고 해도 내 눈으로 보지 못하는 것은 없을 텐데…… 이 경우에는 혼과 백의 연결 고리를 생각해야 하나? 아니, 그렇다고 해도 내가 보지 못할 리가……. 마법이 아닌 주술적인 것인가? 하지만 결국은 같은 궤 안에 있을 터인데…….”

김종현이 입술을 달싹거리면서 중얼거렸다. 김종현의 말은 더 이상 이성민에게 설명해 주는 것이 아니라 혼잣말이 되어 있었다.

“아…… 미안합니다. 이건 내 나쁜 버릇 중 하나예요. 어찌 되었든 나는 그 심장이 무엇인지는 모릅니다. 하지만 이것은 확실해요. 아마 다른 마법사들도 당신의 몸 안에 있다는 심장의 존재를 알아차리지는 못할 겁니다.”

“……그건 다행이지만. 이게 대체 뭔지도 모르는데…….”

“프레스칸이 연구했던 것은 궁극의 생명입니다.”

김종현의 입꼬리가 씰룩거리면서 올라갔다.

“그래서 프레스칸은 키메라 연구에 매진했지요. 프레스칸이 퇴출된 원인이 되었던 인체 실험 역시, 궁극의 생명을 만들기 위한 실험의 일환이었습니다. 그가 10년 동안 같은 연구를 했고, 그 심장을 가진 키메라가 금색 마탑주인 로이드를 저꼴로 만들었다면…… 당신에게 흡수된 심장은 프레스칸이 바라였던 궁극의 생명을 위한 것이라고 봐야겠죠.”

"나는 아무 변화도 느끼지 못하고 있습니다만."

"아직 심장이 몸에 완전히 동화되지 않았기 때문일지도 모르죠. 사실은 여기서 당신의 가슴을 갈라 확인해 보는 것이 빠른데…… 그렇게 한다면 당신의 목숨을 보장해 줄 수가 없어요."

"사양하겠습니다."

"아쉽지만 어쩔 수 없죠. 아, 그리고. 프레스칸에게 정신 제압을 당했다고 했었지요?"

"아마…… 그렇다고 생각합니다."

"하지만 정신도 멀쩡하고 미치지도 않았군요. 후후! 당신의 가호는 굉장히 특별해요. 그 정도로 우수한 가호에 보호되고 있는 것이 축복인지 불행인지는 모르겠지만."

그렇게 중얼거리던 김종현은 무언가 떠올랐다는 듯이 눈을 빛냈다.

"아, 나는 당신의 의문에 대답해 줄 수가 없지만, 당신의 의문에 대답해 줄 만한 존재는 알고 있습니다."

"누구입니까?"

"당신과 마찬가지로 인과율이 비틀어진 존재라면 당신의 의문에 대답해 줄 수 있을지도 모르죠."

"나는 그가 누구인지 모릅니다."

"가장 좋은 것은 프레스칸을 찾아가 묻는 것인데…… 그건 사실상 불가능하다고 봐야죠. 아니면, 다른 '신'을 찾아가는 것은 어떻습니까?"

"신?"

"예, 므쉬는 당신의 의문에 대답해 주지 않았습니다. 정확히 말하자면 대답을 피했죠. 하지만 다른 신이라면 대답해 줄 수 있을지도 모릅니다."

아.

이성민은 짧은 소리를 내면서 머리를 끄덕거렸다. 드리무어에 있는 시간의 신. 므쉬를 통해 존재를 알게 된 시간의 신이라면 이성민의 궁금증에 대답해 줄 수 있을지도 모른다.

"……알겠습니다."

"제 말이 도움이 되었는지 모르겠군요."

"충분히 도움이 되었습니다."

이성민이 그렇게 대답했을 때, 문 너머에서 노크 소리가 들렸다. 김종현이 문 쪽을 바라보자 닫혀 있던 문이 열렸다.

"이성민 님?"

문 너머에 서 있는 것은 위에서 보았던 마법사 중 한 명이었다.

"로이드 님이 눈을 뜨셨습니다. 로이드 님이 이성민 님과 만나고 싶다고 하시는데, 같이 가주시겠습니까?"

그 말을 듣고서 이성민은 김종현을 힐긋 보았다. 김종현은 피식 웃으면서 머리를 끄덕거렸다.

"저와 더 이상 할 이야기도 없지 않습니까?"

"……좋은 이야기를 들려주셔서 감사합니다."

"뭘요. 다음에 또 오십시오. 나는 당신이 마음에 드니까."

김종현이 이를 드러내며 웃었다.

"신세를 졌군."

로이드는 큼지막한 침대에 몸을 반쯤 누이고 있었다. 고갈된 마력이 어느 정도 회복되었고, 심각했던 상처가 재생되었다고는 하나 정신적인 피로마저 사라진 것은 아니었기에 그의 얼굴에는 진한 피로감이 남아 있었다.

"괜찮습니다."

"아니, 정말로 큰 신세를 졌어. 자네가 도와주지 않았다면…… 나는 그 깊은 지하에서 홀로 죽었겠지. 그리고 그 심장도 파괴할 수가 없었을 거야."

로이드가 씁쓸한 미소를 지으며 말했다. 그 말에 이성민은 가슴 한구석이 찔끔하였지만 그를 내색하지는 않았다.

김종현이 말하지 않았던가. 다른 마법사도 이성민이 갖게 된 심장을 간파할 수 없을 것이라고.

"자네가 유일한 생존자라고 하던데."

"아…… 예. 운이 좋았습니다."

김종현이 말했던 대로 로이드는 이성민이 검은 심장을 취했다는 사실을 알아차리지 못하고 있었다. 그뿐만 아니라 이성민이 인과율이 비틀어진 혼을 가지고 있다는 것도 간파하지 못하고 있었다.

금색 마탑주인 로이드조차 간파하지 못할 정도라면 이성민의 인과율이 비틀어진 것을 간파할 수 있는 것은 대단한 경지에 오른 흑마법사 정도뿐일 것이다.

"정말로 운이 좋았군. 프레스칸은…… 미친놈이야. 그놈의 손 아래에서 살아남을 수 있었다는 것은 대단한 일이지."

"그…… 프레스칸이라고 하는 리치 말입니다. 그 던전에서 대체 뭘 하고 있었던 겁니까?"

"응?"

이성민의 질문에 로이드가 눈을 동그랗게 떴다. 의문스러운 시선이 자신에게 향하자 이성민은 빠르게 표정을 관리했다. 그는 조금 겁에 질린 듯, 그리고 또 선망 어린 눈을 하고서 로이드를 바라보았다.

"금색 마탑주라면 마법사 길드 안에서도 정점에 가까운 실력을 가진 마법사 아닙니까?"

"으흠, 뭐 꼭 그렇지는 않고…… 다섯 손가락 안에는 꼽히겠지."

"그런 로이드 님이 중상을 입고 쓰러지시다니. 잘 이해가 되지 않습니다. 프레스칸은 던전에서 뭘 하고 있었던 겁니까?"

"……뭐…… 이건 꼭 비밀이라고 할 것도 아니니."

로이드는 그렇게 중얼거리고서 한숨을 내쉬었다.

"궁극의 생명일세."

김종현이 했던 것과 똑같은 대답이었다.

"10년 전부터 그랬어. 프레스칸은 궁극의 생명을 연구하고 있었고, 그를 이루기 위한 과정에서 금기를 범했네. 본래는 추방과 동시에 죽였어야 했지만…… 프레스칸이 도주한 바람에 내가 추살 임무를 맡게 되었지. 10년에 걸친 추격 끝에 간신히 놈의 던전을 발견했고."

로이드는 거기서 한 번 말을 멈추고 한숨을 내쉬었다.

"……10년 동안…… 프레스칸의 연구는 상당한 성과를 거두었더군. 본래 심장은 두 개였네. 그중 하나가 내 눈앞에서 웬…… 어린 여자아이의 모습으로 변했는데. 정말 끔찍하게 강했어."

"여자아이…… 라고요?"

"외견은 고작해야 열댓 살 정도였는데. 굉장히…… 기묘했지. 내 마법을 영창 없이 디스펠하기도 하고, 팔다리의 형태가 바뀌고…… 정말 끔찍하다고 느낀 것은 그 계집아이가 심장을 씹어 먹었다는 것이야."

"심장을요?"

"맞아. 배가 고프다면서…… 내 눈앞에서 씹어먹더군."

가슴이 뻥 뚫려 죽은 제온의 시체를 떠올린다. 로이드의 이야기를 들으면서 이성민은 자신도 모르게 왼쪽 가슴을 꾹 눌렀다.

몸 안에 들어와 뛰고 있는 검은 심장. 이것이 괴물의 심장이라는 사실을 새삼 자각하게 되었다.

"덕분에 프레스칸을 놓쳤어. 그 괴물 계집만 없었어도 프레스칸을 한 번 죽일 수 있었을 텐데 말이야. 어쩌면 놈의 라이프 포스 배슬을 추적할 수 있었을지도 모르고. ……후우! 아니, 이 경우에는 목숨을 건진 것이 다행이라고 봐야겠지."

로이드는 그렇게 중얼거리면서 이성민을 보았다. 로이드는 이성민을 향해 꾸벅 머리를 숙였다.

"도와줘서 고맙네. 약속했던 대로 이번 일에 대한 보답을 해주고 싶은데…… 특별히 원하는 것이라도 있나? 무조건, 전부 다 들어주겠다는 약속은 못 하겠지만. 최대한 자네가 원하는 것을 이루어줄 수 있도록 노력해 보겠네."

그 말에 이성민은 잠깐 고민할 수밖에 없었다. 금색 마탑주인 로이드가 부탁을 들어주겠다는 것은 일종의 백지수표라고 할 수 있다.

그런데…… 딱히 부탁하고 싶을 만한 것이 없다. 마법서라도 받아볼까 싶었지만, 무공도 제대로 익히지 못하고 있는데 마법까지 익힐 여유는 없었다. 그렇다고 아티팩트를 받자니 뭘 받아야 할지도 모르겠고, 당장 필요한 아티팩트도 없었다.

"……나중에 부탁해도 될까요?"

"빚을 지워두겠다는 뜻인가?"

로이드가 쿡쿡 웃으면서 물었다.

"아…… 그런 뜻으로 한 말은 아닙니다. 단지, 지금 당장은 부탁드릴 것이 없어서요."

"뭐 그럴 수도 있겠지. 알겠네. 나는 보통 금색 마탑에 있으니 부탁하고 싶은 것이 생긴다면 언제든지 찾아오도록 하게."

"프레스칸을 추격하시는 것 아니었습니까?"

"마법사가 두 발로 직접 뛸 리가 없잖은가."

이성민의 질문에 로이드가 헛웃음을 흘리며 대답했다.

로이드와의 대화를 끝내고서 이성민은 용병 길드로 돌아왔다. 이성민은 조영에게 던전에서 있었던 일을 설명해 주었다.

이성민의 이야기에 조영이나 다른 용병들은 납득할 수밖에 없었다. 결국 이성민을 제외한 다른 용병들이 모조리 몰살당한 것은 사실이었으니까.

던전에서의 몰살 때문에 베헨게르 용병 길드는 큰 피해를 입게 되었다. 길드장인 베른도 죽었고, SS급 용병인 제온도 죽었다. 그 외에도 많은 S급과 A급 용병들이 죽었다. 제온과

S급 용병들의 사망 때문에 코로나 용병단은 사실상 해체되었다 봐야 옳았다.

새벽이 돼서야 이성민은 용병 길드를 나올 수 있었다. 집으로 돌아온 이성민은 피로감을 느끼면서 한숨을 내쉬었다.

'조만간 베헨게르를 떠나야겠어.'

이성민은 방으로 돌아와 자리에 주저앉았다.

우선 드리무어에 있는 시간의 신 데니르를 찾아가는 것이 목표다.

하지만 그 전에 이성민은 미리 챙겨두었던 아공간 포켓들을 꺼냈다. 다른 용병들의 아공간 포켓 안에는 돈과 포션 밖에 나오지 않았다. 그것이 조금 아쉽기는 했지만, 제온의 아공간 포켓에서 대환단과 소환단을 꺼내니 아쉬움은 깨끗하게 사라졌다.

이성민은 꿀꺽 침을 삼키면서 소환단을 향해 손을 뻗었다.

우선 소환단을 복용해 볼 생각이었다. 영약을 복용해 본 경험이 있기는 했지만, 소환단은 이성민이 제나비스에서 복용했던 성령단과는 비교할 수 없는 효능을 가진 영약이다.

이성민은 조금 경건한 마음까지 품고서 소환단이 들어 있는 목갑을 열었다. 그러고는 양손으로 소환단을 꺼냈다.

입안으로 넣은 소환단은 씹기도 전에 사르르 녹아 목구멍 안으로 넘어갔다. 꿀꺽 하고 삼키고서 이성민은 바로 자하신공을 운용했다.

"……응?"

자하신공을 운용하기 전에 이성민은 감고 있던 눈을 슬며시 뜨고서 자신의 몸을 내려 보았다.

……아무것도 느껴지지 않는다.

성령단을 먹었을 때에는 입에 넣자마자 이것이 영약이라는 것을 알았다. 목구멍으로 넘어온 거대한 내공을 기혈로 돌리고 단전으로 갈무리하는 것에 제법 고생했었다. 하지만 지금은 아니었다.

"……뭐야?"

이성민은 다시 가부좌를 틀고 앉아서 운기행공을 해보았다. 자하신공의 구결에 따라 단전의 내공을 조금 건드려 본다.

이성민은 할 말을 잃고서 자신의 몸을 내려 보았다. 단전 안에…… 거대한 내공이 있는 것이 느껴진다.

의식하고자 하니 몸이 겪은 세세한 변화들이 느껴졌다. 단전의 크기가 엄청나게 커져 있었고, 이전보다 내공의 양이 몇 배나 불어 있었다.

이성민은 그 내공의 정체를 깨달았다. 소환단의 내공이다. 복용한 소환단의 내공이 정제의 과정 없이 그대로 단전으로 흘러들어 쌓여 버렸다.

그건 말도 안 되는 일이었다. 모든 영약은 반드시 정제의 과정이 필요하다. 영약이 가진 내공의 절반만 취해도 잘 취한 것이라는 것이 보통이다.

'운기조식도 하지 않았는데 내공이 그대로 쌓였어. 대체 왜……?'

검은 심장. 이성민은 탄성을 지르면서 머리를 끄덕거렸다. 아마 이것이 검은 심장이 가진 능력 중 하나인 것 같았다.

영약의 내공을 그대로 흡수하는 것.

자세한 능력은 알 수가 없었으나 지금의 이성민이 느끼는 것은 그것이었다.

'그러고 보니…… 위지호연이 말했었지. 자신이 익힌 천마신공은 모든 내공심법에 필수적인 정제의 과정을 거치지 않는다고.'

위지호연은 그것이 천마신공이 가진 특별한 능력이며 천마신공을 익히기 위해서는 특별한 체질을 타고나야 한다고 말했었다.

설마 검은 심장을 먹게 되면서 그런 체질로 바뀌었다는 것일까.

이성민은 혹시나 하는 마음에 자하신공을 운용해 보았다.

몇 시간 정도 자하신공을 운용해 보았지만, 자연지기를 내공으로 정제하는 것에는 그리 큰 변화가 느껴지지 않았다. 그것은 체질의 문제가 아니라 천마신공의 특별함인 모양이었다.

아직 확신하기에는 일렀기 때문에 이성민은 대환단을 꺼냈다.

설마 소환단과 대환단을 같이 복용하게 될 줄이야.

이성민은 입을 벌려 대환단을 삼켰다. 소환단보다 조금 크기가 크기는 했지만, 대환단 역시 입안에 들어오자마자 사르르 녹아 목으로 넘어갔다.

이번에는 확실히 의식하고 있었기 때문에 변화를 자각했다. 목으로 넘어온 진한 내공은 기혈을 타고 쭉 미끄러지더니 그대로 단전에 도달해 쌓였다.

몸 안을 가득 채우는 충만한 느낌에 이성민의 몸이 바르르 떨렸다.

소환단과 대환단의 내공을 그대로 단전에 쌓은 것이다. 그렇게 쌓은 내공은 여태까지 이성민이 쌓아온 내공보다 몇 배나 많았다. 그것은 이성민이 가진 치명적인 단점 중 하나를 극복했다는 의미이기도 했다.

이성민이 무공에 입문한 것은 이제 고작 4년이 조금 넘었을 뿐이다. 비록 위지호연의 내공을 받고, 성령단을 복용하여 내공의 증진을 얻기는 했지만 이성민은 도달한 경지에 비해 내공이 심하게 부족했다. 므쉬의 산을 거치면서 짧은 시간 안에 빠르게 절정의 벽을 넘었기 때문이었다.

십 년 넘는 세월 동안 내공심법을 연마하며 절정의 벽을 뛰어넘은 다른 무인들과 비교하자면 내공이 부족할 수밖에 없었다.

하지만 그런 단점이 완전히 사라졌다. 오히려 지금의 이성민은 비슷한 경지이거나 몇 수 앞서 있는 무인들을 압도할 수 있을 만한 내공을 갖게 되었다.

한참 동안 운기조식을 하면서 단전의 내공을 확인한 이성민이 눈을 떴을 때, 이미 새벽이 지나 아침이 되어 있었다. 잠 한숨 자지 않았지만 이성민은 푹 자고 일어난 것 같은 개운함을 느꼈다.

소환단과 대환단도 흡수했으니 다시 김종현을 찾아가 마갑의 해주를 부탁할까 했지만, 그 전에.

이성민은 백보신권과 달마심법, 나한보법을 꺼냈다. 달마심법과 나한보법은 무시하고, 이성민은 백보신권을 펼쳐 읽기 시작했다.

기를 쏘아내는 것은 굉장히 어렵다. 높은 수준의 심법 깨달음과 더불어 많은 내공이 소모된다.

소림의 백보신권은 백보 밖에서 권격을 날리는 권법이며, 권법에 기를 실어 쏘아내는 것이 그 원리다.

현재 이성민의 경지로는 기를 쏘아내는 것은 불가능했기 때문에 백보신권을 익히는 것은 여러 가지로 이성민에게 도움이 되었다.

무공 자체가 기를 쏘아내는 것에 초점이 맞춰져 있기 때문에 익히기만 한다면 그 요령을 파악할 수 있기 때문이다.

나한보법, 달마심법도 뛰어난 무공이기는 했지만 이성민은 백보신권 이외에 다른 무공을 익힐 생각은 없었다.

백보신권을 익힌 뒤에 이성민은 네블을 불렀다.

"부르셨습니까?"

그림자에서 튀어나온 네블이 이성민을 향해 꾸벅 머리를 숙였다. 이성민은 들고 있던 무공서들을 네블에게 건네주면서 말했다.

"이것들을 팔고 싶습니다만."

익히지도 않을 것을 가지고 있을 필요가 없으니, 뒷걱정하지 않아도 될 에레브리사를 통해 팔아넘길 생각이었다.

6장
동족(1)

"흐음."

이성민에게서 무공 서적을 건네받은 네블은 그것들을 천천히 넘겨보았다.

"소림의 무공이군요. 백보신권에 달마심법, 나한보법…… 신공절학이라고까지는 할 수 없지만 가치 있는 무공인 것은 확실합니다."

"팔면 얼마나 나올까요?"

"파는 것은 그리 추천해 드리지 못하겠습니다만."

네블의 대답에 이성민은 두 눈을 동그랗게 떴다.

"판매가 안 되는 겁니까?"

"아뇨, 그것은 아닙니다. 저희는 회원님이 원하는 모든 물건을 구입해 드립니다. 비록 그것이 바로 팔리지 않는다고 해도 말이지요. 하지만 그 경우에는 시세를 따져서 값을 쳐드리는데…….”

그렇게 말하고서 네블은 쓰게 웃었다.

“소림의 무공은 매물이 많습니다. 특히 소림을 대표한다고 할 수 있는 백보신권이나 달마심법, 나한보법의 경우에는 물량이 너무 많아 남아돌고 있어요. 저희는 구입한 무공을 경매나 상인 길드, 암시장을 통해 판매합니다. 그런데…… 소림은 워낙에 유명한 문파이다 보니까 무공 매물이 많아요. 원하신다면 구입은 해드리겠지만, 제값을 드리기는 힘듭니다.”

“그 정도입니까?”

“소림이니까요. 아…… 괜찮으시다면 이 무공의 출처를 알 수 있을까요?”

“……꼭 말해야 합니까?”

“저는 이성민 님의 전담 중개인입니다. 이성민 님이 이 무공들을 어떤 방법으로 얻으셨든 간에 저는 그 누구에게도 그 사실을 알리지 않을 겁니다. 제가 출처를 묻는 것은 그에 따라 제가 해드릴 수 있는 조언이 달라지기 때문입니다.”

그 말에 이성민은 잠깐 동안 생각에 잠겼다. 그리 큰 고민은 필요하지 않았다. 애초에 이성민이 제온의 무공을 취하게 된 것은 어쩔 수 없는 일이었고, 이성민이 나서서 제온을 살해한 것도 아니었다.

"……이 무공서들을 소유하고 있던 원주인이 죽어서 그의 시체를 수습하다가 무공서들을 발견하게 되었습니다."

"그렇다면 이것들을 소림으로 가져가 돌려드리는 것을 추천해 드립니다."

네블이 곧바로 대답했다.

"소림은 명문정파입니다. 구파일방으로 꼽히는 열 개의 강대한 정파 중에서도 특히나 그 세가 강성한 곳입니다. 그들은 정통적인 불가 문파이기 때문에 악행과는 거리가 멉니다. 이성민 님이 이 무공서들을 소림에 가져가 돌려준다면 그들은 체면 때문이라도 그만한 보상을 해줄 겁니다."

"보상이라면?"

"이 정도의 무공서를 가져간다면 소환단 하나 정도는 주겠지요. 대환단까지는 힘들 것 같고. 최소한 소림과 인연을 만들 수 있게 되는 것이니 나쁜 결과가 나오지는 않을 겁니다. 그리고, 솔직히 말해서…… 이 무공서들을 저희가 구입한다 해도, 소환단 하나를 살 만한 가격에는 못 미칩니다."

네블의 말에 이성민은 조금 실망할 수밖에 없었다. 세 권이나 되는 무공서를 판매하는데, 그렇게 얻은 돈으로 소환단 하나도 살 수가 없다니.

'……소림이 어디에 있더라……?'

이성민은 기억을 더듬었다. 구파일방은 각지에 분파를 두고 있지만 본산은 하나씩 존재한다.

소림의 본산은 베헨게르에서 제법 떨어진 곳에 위치한 도시인 '브레던'에 위치해 있었다.

'브레던과 드리무어는 제법 가까워. ……브레던에 들렀다가 드리무어로 가면 되겠군.'

분파에 가는 것보다는 본산으로 가서 무공서를 돌려주는 편이 나아 보였다.

우선 무공서는 그렇게 처리하기로 하고서 이성민은 혹시나 하는 마음으로 물었다.

"혹시, 에레브리사의 회원 중에서 저처럼 인과율이 비틀어진 존재가 또 있습니까?"

본래 이성민의 실력으로는 에레브리사의 회원이 될 수가 없었다. 절정고수의 수준을 넘었을 때에도 자격이 부족하다는 소리를 들었으니, 에레브리사의 회원이 되기 위해서는 못해도 초절정의 실력을 지녀야 한다는 말이 된다. 그것은 마법사로 친다면 대마법사의 경지라고 봐야 했다.

프레스칸이 말하기를, 이성민처럼 인과율이 비틀어졌던 어떤 존재는 프레스칸이 감히 덤빌 생각도 하지 못한 괴물이라고 했었다. 그 정도의 괴물이라면 에레브리사의 회원일 가능성도 충분히 있었다.

"……그건…… 대답해 드리기 힘들군요. 다른 회원에 대한 정보는 극비입니다."

"있는지 없는지도 말해줄 수 없는 겁니까?"

"예, 죄송합니다."

결국 소득은 없었다. 프레스칸을 다시 만나지 않는 한, 인과율이 비틀어진 다른 존재가 누구인지 이성민이 알 수 있는 방법은 없었다.

네블을 돌려보낸 뒤에 이성민은 한숨을 내쉬었다. 이런저런 신경 쓰이는 일이 많기는 했지만, 그렇다고 해서 앞길이 막막한 것은 아니었다.

우선 어디로 가야 할지에 대한 목표점은 확실히 정했다.

브레던에 가 소림의 본산을 방문하고 무공서들을 돌려준다. 운이 좋다면 소환단을 받을 수 있을 것이다.

대환단과 소환단을 손실 없이 흡수하게 되면서 이성민의 내공은 큰 증진을 거두었다. 하지만 내공만 무식하게 많다고 해서 강해지는 것은 아니다. 아직 이성민은 절정의 끝에 존재하는 벽의 존재도 보지 못하고 있었다.

'아직…… 멀었어.'

던전에서의 일은 이성민에게 확실한 현실을 알려주었다. 이성민이라는 존재가 얼마나 보잘것없고 약한지.

절정고수가 되고 오우거 키메라를 쉽게 쓰러뜨리면서…… 이성민은 자기 자신이 굉장히 강해졌다고 생각했다.

현실은 아니었다. 이성민보다 강한 이들은 얼마든지 있었다. 비록 프레스칸이 리치에다가 흑색 마탑주였다고는 해도, 그에게 어린아이처럼 농락당한 것은 이성민으로 하여금 복잡한 기분을 느끼게끔 했다.

위지호연이라면 어땠을까.

아니, 위지호연을 데리고 올 것도 없다. 백소고만 하여도 제온보다는 훨씬 강했다. 이성민이 산에 들어갔을 시점에서부터 백소고는 절정을 뛰어넘은 실력을 가지고 있었다. 어쩌면 그녀는 이미 초절정 고수가 되었을지도 모른다.

7년 후의 던전에서 백소고의 죽음을 막기 위해서는, 위지호연을 막기 위해서는 지금의 수준으로는 한참이나 부족하다. 더, 더 강해져야만 했다.

'마갑의 덕은 볼 수 없었어. 아니, 이 경우에는 오히려 그걸 다행이라고 봐야 하나……?'

강제적인 계약을 맺지 않게 된 것이니 오히려 운이 좋다고 봐야 할 것이다. 이성민은 한숨을 쉬면서 아직 몸을 덮고 있는 마갑을 내려 보았다. 입은 것은 좋았지만…….

"어떻게 벗어야 하는 거야?"

이성민은 한숨을 쉬면서 투덜거렸다.

이틀이 지난 뒤, 로이드는 베헨게르를 떠났다.

큰 타격을 받은 베헨게르 용병 길드는 임시적으로 조영이 지부장을 맡았다. 하지만 오가는 이야기를 들어보니 루드가 의뢰를 마치고 돌아오면 그에게 지부장 자리가 인수인계된다는 모양이었다. 조영 스스로가 지부장의 자격이 없다고 거부하고 있었기 때문이다.

차기 지부장의 자리에는 이성민의 이름도 언급되었지만, 이성민은 학을 떼면서 거절 의사를 확실하게 밝혔다. 지부장이 되어 베헨게르에 얽매일 수는 없었기 때문이다.

용병 길드에서의 일이 어느 정도 마무리되자 이성민은 마법사 길드를 찾아갔다. 김종현에게 부탁해 두었던 마갑의 해주를 받기 위해서였다.

"다 되었습니다."

해주를 끝낸 김종현이 마갑을 돌려주었다. 이성민은 마갑을 건네받고서 내공을 불어넣었다.

마갑이 활짝 열리더니 이성민의 몸을 덮었다. 계약이 사라지기는 했어도 마갑 자체에 인챈트 되어 있는 다른 마법들은 그대로였다. 내공을 불어넣으면 마갑을 입을 수 있고, 벗는 방법도 그와 똑같았다.

"곧 베헨게르를 떠날 생각입니다."

"그렇습니까? 어디로 가실 생각입니까?"

"우선 브레던에 있는 소림의 본산으로 갈 생각입니다."

"먼 길을 떠나시는군요. 이곳에서 브레던까지는 못해도 몇 달은 걸릴 텐데."

"볼일이 있어서."

"소림과 인연이라도 있으신 겁니까?"

"네."

이성민은 자세한 설명은 해주지 않았다. 그 말에 김종현은 피식 웃으면서 머리를 끄덕거렸다.

"당신과는 제법 친해질 수 있으리라고 생각했는데, 이렇게 헤어지게 되니 아쉽군요."

"……뭐, 나중에 인연이 된다면 다시 만나지 않겠습니까?"

"그렇겠지요. 저라고 해서 계속 베헨게르에 남아 있을 생각은 없으니. 아…… 그러고 보니."

고개를 주억거리며 대답하던 김종현이 이성민의 얼굴을 힐긋 보았다.

"스칼렛 레시르, 그 여자도 베헨게르를 떠난다고 하던데…… 설마 같이 가시는 겁니까?"

"예?"

"아니었나 보군요. 둘이 꽤 친해 보이길래 영락없이 그런 사이인 줄 알았습니다만.”

스칼렛이 베헨게르를 떠난다. 며칠 전에 만났을 때에 스칼렛은 그런 이야기는 해주지 않았었다.

머리를 갸웃거리는 이성민을 향해 김종현이 어깨를 으쓱거렸다.

“뭐, 본인도 아닌 제가 가타부타 떠들 일은 아니겠지요. 스칼렛 님에게 직접 물어보시는 것이 어떻습니까?”

스칼렛과도 제법 인연을 맺었기 때문에 정 없이 아무런 말도 하지 않고 떠날 생각은 애초에 하지 않고 있었다.

이성민은 김종현의 방을 나와 스칼렛의 방으로 향했다. 스칼렛의 방문을 몇 번 두드리자 문이 벌컥 하고 열렸다.

“뭐야?”

문을 열어준 스칼렛이 두 눈을 치켜뜨고서 이성민을 바라보았다. 그 매서운 시선에 이성민은 조금 움찔하였으나, 스칼렛의 어깨 너머로 보이는 방의 풍경에 눈을 동그랗게 떴다. 난장판처럼 지저분했던 스칼렛의 방 안은 깔끔하게 정리되어서 아예 다른 방처럼 보이고 있었다.

“……떠나신다더니. 진짜로?”

“누구한테 들었어? 아, 물어볼 필요도 없군. 김종현, 그 또라이가 말한 거지? 그 새끼는 왜 남 일을 마음대로 떠들어 대는 거야?”

스칼렛은 투덜거리면서 머리를 벅벅 긁었다.

나풀거리는 붉은 머리카락을 보면서 이성민은 무언가를 깨달았다. 전생의 기억으로 스칼렛 레시르가 베헨게르에 살았다는 소문은 없었다.

스칼렛이 베헨게르에 머물렀던 것은 어디까지나 잠깐일 뿐이고, 그 뒤에는 베헨게르를 떠난다. 그에 대해서는 이성민도 어느 정도 추측하고 있었다. 다만 그 시기가 지금일 것이라고는 생각하지 못했을 뿐이다.

"도시에 처박혀 있으니 수행이 잘 안 돼. 나도 몰랐는데, 나는 도시보다는 그…… 좀 지저분하고 말이야. 응? 산 같은 곳에서 구닥다리 수행을 하는 편이 더 잘 맞나 봐."

"설마 또 므쉬의 산에 들어가실 생각입니까?"

"미쳤어? 내가 거기를 왜 가? 난 다시는 거기에 안 가. 그 지랄 맞은 곳! 으으…… 그리고, 넌 모르는 모양인데. 므쉬의 산에 수행했다가 나오고, 다시 들어간다면 이전의 금제가 그대로 이어져. 무슨 말인지 알아? 내가 다시 므쉬의 산에 돌아가게 된다면, 그 엿 같은 금제들을 다시 받아야 한다는 말이야."

그건 모르고 있었다. 하지만 어느 정도 이해는 되는 말이었다. 만약 산을 나오는 것으로 금제가 초기화된다면 그를 악용하는 방법도 충분히 존재할 테니까.

“어쨌든 므쉬의 산에는 안 가. 일단…… 조금 돌아다녀 볼까 해. 그러다가 적당히 마음에 드는 곳에 정착해서 본격적으로 수행을 시작할 생각이야.”

“아…… 그렇군요.”

“그거 하나 물어보자고 날 찾아온 거야? 왜. 내가 너한테 말도 없이 떠날까 봐?”

그렇게 이죽거리던 스칼렛은 키득키득 웃는 소리를 냈다.

“그렇게 정 없는 사람은 아니야. 그냥…… 응. 아직 마음만 먹고 준비도 다 안 해놨으니까. 준비가 끝나면 말해주려고 했어.”

“……그렇습니까? 다행이네요. 사실은 저도 베헨게르를 떠날 생각이라서, 그 전에 인사를 드리려고 온 겁니다.”

“뭐? 베헨게르를 떠나? 왜? 네가 여길 떠나서 어디를 가게?”

“……못 떠날 이유는 없지 않습니까?”

“그래서 어디를 가겠다는 건데?”

“일단은 브레던 쪽으로 목표를 잡고 있습니다.”

“브레던? 겁나 멀리도 가네. 가 본 적은 있고?”

“없습니다만, 뭐 지도를 보고 가면…….”

“같이 가면 되겠네.”

스칼렛이 이성민의 말을 뚝 끊고서 대답했다. 이성민은 스칼렛의 갑작스러운 말에 눈을 휘둥그레 뜨고서 스칼렛을 바라보았다.

"……네?"

"같이 가자고. 나도 좀 돌아다닐 생각이었으니까. 혼자 가는 것보다는 말동무라도 있는 것이 서로 좋잖아? 별로 외롭지도 않고."

"그, 건 그렇겠지만. 그래도 좀……."

"왜, 내가 네 발목이라도 잡을까 봐 그래?"

스칼렛은 그렇게 이죽거리면서 헛웃음을 흘렸다. 그녀는 손을 들어 올리더니 이성민의 머리를 쥐어박았다.

"까불지 마, 꼬맹아. 내가 너보다 훨씬 셀걸? 오히려 나랑 다니면 네가 편하지. 너보다 강한 놈이 나타난다면 내가 지켜줄 수 있을 테니까."

"아니, 그래도 저는 S급 용병에 절정고수인데……."

"어이구, 그러세요? 이 귀염성 없는 꼬맹아. 그냥 얌전히 고맙습니다 하고 이 누나랑 같이 다녀."

머리를 쓱쓱 문지르는 스칼렛의 손길에 이성민은 복잡한 기분을 느꼈다. 그래도 알맹이는 이제 서른 살이 다 되어가는데 그보다 연하인 스칼렛에게 이런 취급을 받다니.

'……아니, 잠깐.'

"그런데, 스칼렛 님은 몇 살입니까?"

"죽을래?"

순수한 호기심으로 던진 질문에 스칼렛이 눈을 부라렸다.

"여자의 나이는 묻는 게 아니야."

아마 보기보다 나이가 많은 모양이었다.

루드가 돌아오는 것을 기다렸다가 인사라도 하고 갈 생각이었지만, 루드의 의뢰가 언제 끝나는 것인지도 모르고 도대체 언제 돌아오는 것인지 모르는 이상 무턱대고 베헨게르에서 기다리고 있는 것은 시간이 너무 아까웠다.

사흘을 더 기다려 본 뒤에도 루드 쪽에서 소식이 없기에 결국 이성민은 베헨게르를 떠나기로 마음먹었다.

애초에 짐이랄 것도 없었다. 살고 있는 집도 이성민의 것이 아니었고 안에 있는 가구 중에도 이성민의 것은 없었다.

베헨게르를 떠나면서 이성민이 준비한 것은 며칠 동안 사냥을 하지 않아도 버텨줄 수 있는 식량 정도뿐이었다.

그것도 풍족하게 챙긴 것은 아니었다. 아공간 포켓이 있다고는 하지만 쓸데없이 짐을 늘리고 싶지는 않았다.

"뭐 이리 단출해?"

스칼렛은 그런 이성민의 모습이 불만인 모양이었다. 베헨게르의 북쪽 성문에서 만난 스칼렛은 누가 봐도 여행자라고 생각할 만한 차림을 하고 있었다.

큼지막한 로브를 입어 모자까지 쓰고, 등 뒤에는 커다란 가방을 메었다. 이성민은 그런 스칼렛의 모습을 보면서 입술을 반쯤 벌렸다.

"……아공간 포켓은 안 쓰시는 겁니까?"

"이게 내 아공간 포켓이야."

스칼렛이 등 뒤에 메고 있는 가방을 힐긋 돌아보면서 대답했다.

저 정도 크기의 아공간 포켓은 처음 본다.

"……짐이 많으신 겁니까?"

"나는 그냥 여행하는 것이 아니라, 자리를 잡고 연구를 하기 위해 떠나는 거야. 당연히 짐이 많을 수밖에 없지."

스칼렛이 등에 멘 가방을 손으로 두드리면서 대답했다. 이성민은 슬며시 스칼렛에게 다가가 가방을 향해 손을 뻗었다.

"제가 들어드리겠……."

"까불지 마. 내가 너한테 들어달라고 한 적 없잖아. 내 짐은 내가 들어."

스칼렛은 이성민의 손을 찰싹 때리면서 그렇게 쏘아붙였다. 이성민은 찔끔하여 뒤로 물러서면서 스칼렛의 얼굴을 바라보았다.

여태까지 3개월 정도, 베헨게르에서 스칼렛와 몇 번 만남을 가지기는 했지만 이성민은 스칼렛 레시르라는 여자가 도대체 어떤 성격을 가지고 있는 것인지 파악할 수가 없었다.

"자, 가자. 마차는 이미 빌려뒀어."

"마차를 타는 겁니까?"

"그럼 당연히 마차를 타지. 너 설마, 브레던까지 걸어갈 생각이었어?"

스칼렛이 되묻자 이성민은 할 말을 잃고서 입을 다물었다. 사실 이성민이 생각했던 것은 마차보다는 말이었다.

"마차는 내 돈으로 빌렸어. 너한테 달라고 안 할 거니까 걱정하지 말고. 아…… 마부는 못 구했거든? 혹시나 해서 묻는 건데, 너 마차는 끌 수 있지?"

"아…… 네, 할 수 있습니다."

"그건 다행이네."

전생에서 하급 용병이었을 시절에는 어떻게든 의뢰에 끼기 위해 온갖 종류의 일을 배웠다. 마차를 끄는 법도 그때 배워두었다.

의외로 스칼렛은 준비성이 뛰어났다. 마차에 매여 있는 말들은 건강했고 마차의 상태도 좋았다. 장거리 여행을 하려면 보수가 필요하기는 하겠지만, 당분간은 큰 문제 없이 마차를 굴릴 수 있을 것 같았다.

"그럼…… 방향은 어디로 잡으면 되겠습니까?"

이성민은 지도와 나침반을 꺼내며 물었다. 에리아가 워낙에 땅덩어리가 넓은 탓에 지도도 그렇게 자세하다고 할 수는 없었지만, 방향 정도는 잡는 것이 가능했다.

“네가 가고 싶은 곳으로 가. 나는 딱히 목적지를 정해둔 것이 아니니까.”

스칼렛은 짊어지고 있던 커다란 가방을 마차의 안에 집어넣었다. 그러고는 이성민을 돌아보면서 로브의 후드를 뒤로 넘겼다.

“그냥, 방 안에 있기만 하니까 답답해서. 어디로 가도 상관은 없어.”

이성민은 그 말에서 전해지는 스칼렛의 어조에 묘한 시선을 보냈다. 단순한 착각이 아닐까 싶기는 했지만, 방금 전에 느꼈던 스칼렛의 어조는 옅은 씁쓸함이 묻어 있는 것 같았기 때문이다.

“뭐 해? 출발하지 않고.”

스칼렛은 마차에 올라와 마부석에 앉은 이성민의 곁에 앉았다. 이성민은 낮게 헛기침을 하면서 고삐를 당겼다. 마차가 천천히 움직이기 시작했다.

간신히 목숨을 건졌다.

던전을 습격해 온 로이드는 10년 전에 보았을 때보다 더한 괴물이 되어 있었다.

프레스칸도 10년이라는 시간 동안 놀고 있었던 것은 아니었지만, 서로가 보낸 10년은 프레스칸과 로이드 사이에 이전보다 더욱 높은 벽을 만들어 놓았다.

'하지만 살았지.'

괴물 자식. 리치도 아니고 인간인 주제에.

아마 마법이라는 분야의 천재가 존재한다면 그건 로이드를 말하는 것이겠지.

프레스칸은 그것을 확신했다. 로이드는 프레스칸이 보았던 그 어떤 마법사보다 뛰어난 괴물이었다.

하지만 살아남았다. 그것이 중요한 것이다. 이번에는…… 운이 너무 없었다. 프레스칸이 만전의 상태였더라면 로이드를 죽여 버릴 수 있었을 것이다.

물론 그렇게 된다면 마법사 길드가 뒤집혀서 어떻게 해서든 프레스칸을 잡아 죽이려 했겠지만 말이다.

'내 몸이 멀쩡하지 않아서 간신히 호각…… 아니, 내가 조금 밀렸어. 말도 안 되는 괴물 같으니…….'

프레스칸이 리치가 아닌 평범한 인간 마법사였다면 그 던전에서 죽었을 것이다. 로이드와의 싸움에서 프레스칸은 죽음 직전까지 몰렸었다.

한 번 죽게 된다면 어마어마한 마력을 잃게 되기 때문에 도망치는 것을 택했다. 로이드를 죽이지 못한 것은 아쉽지만, 결과가 어찌 되었든 마법사 길드의 추격은 계속해서 받아야 한다.

프레스칸은 아쉬움보다는 즐거움을 느꼈다.

프레스칸의 앞에는 풍성한 검은 머리카락을 가진 소녀가 우두커니 서서 거울을 보고 있었다. 입은 옷이 꽤 잘 어울렸지만, 소녀는 그것이 마음에 들지 않는 모양이었다.

"아이네."

프레스칸이 조심스레 소녀를 불렀다. 궁극의 생명을 창조하고 싶었다.

그런 비원을 목표로 해서 몇십 년을 연구했고, 최근에 간신히 열매를 맺은 게 저 키메라 소녀. 이름은 아이네로 붙였다.

프레스칸이 평생을 바라였던 비원의 결정체이긴 하였지만, 아이네는 불완전하기 짝이 없었다. 육체도, 심장도. 뒤늦게 조율은 하고 있었지만 아이네의 완전한 조율은 프레스칸의 실력으로는 불가능한 일이었다.

"아이네."

다시 한번 이름을 부르고 나서야 아이네는 프레스칸을 돌아보았다.

육체와 혼의 부조화.

사실 그것보다 큰 문제인 것은 아이네가 프레스칸의 말을 그리 잘 듣지 않는다는 것이었다.

급하게 혼을 심장과 육체에 깃들게 하면서 복종 각인이 제대로 새겨지지 않은 것일까.

이런저런 문제가 많기는 했지만 지금 당장 아이네를 조율할 수는 없었다.

프레스칸은 심한 상처를 입었다. 비록 육체에 구애받지 않는 리치라고 해도 대마법사인 로이드의 공격은 프레스칸에게 치명적인 대미지를 안겨주었다. 제법 긴 시간 동안 요양해야만 상처를 회복할 수 있을 것이다.

느슨하게 새겨진 복종 각인이라고 하여도 아이네가 프레스칸을 죽이지 않는 것은 복종 각인이 어느 정도는 기능하고 있다는 증거이기도 했다.

"슬슬 다녀오렴."

"알았어요."

아이네가 살짝 머리를 끄덕거렸다. 그리 내키지 않아 하는 얼굴이기는 했지만, 그녀는 프레스칸의 말을 아주 거역하지는 않았다.

아이네의 몸이 프레스칸의 눈앞에서 사라졌다. 마법은 아니다. 단순히 빠른 속도로 이동했을 뿐이다.

프레스칸은 한숨을 쉬면서 바닥에 주저앉았다.

프레스칸이 도주한 곳은 본래의 던전이 있던 위치와 그리 멀지 않은 곳이었다. 등잔 밑이 어두운 것을 노린 것이 아니라 급하게 도주하면서 그리 먼 곳으로 도망치지 못했을 뿐이었다.

'심장이 남아 있어야 할 텐데…….'

프레스칸은 한숨을 삼키면서 그를 기도했다. 급하게 도주하느라 남은 심장을 챙기지 못했다.

로이드를 죽이지 못했으니 심장이 남아 있을 것이라고는 생각하지 않았지만…… 혹시나 하는 기대감에 아이네를 보내 심장이 남아 있는지를 확인해 볼 생각이었다.

프레스칸의 은신처를 뛰쳐나온 아이네는 곧바로 던전으로 향했다. 그러던 도중 아이네는 뛰던 걸음을 멈추었다. 가슴 속에서 뛰고 있는 심장에서 기묘한 위화감이 느껴진 탓이었다. 아이네는 미간을 찡그리면서 자신의 가슴을 꾹 눌렀다.

피부 아래가 간질거리는 불쾌감 속에서 아이네는 머리를 돌렸다. 이곳에서 조금 떨어진 곳에 아이네의 신경을 잡아끄는 무언가가 있었다.

어떻게 해야 할까.

프레스칸은, 아버지는 심장이 남아 있는가 없는가를 확인해 보고 오라고 부탁했었는데.

'나중에.'

아이네는 아무렇지도 않게 프레스칸의 부탁을 뒤로 미뤄 버렸다.

곧 있으면 해가 저물 것 같았기에 마차를 끄는 것을 그만두었다. 밤을 새워가며 달린다면 말의 피로도 쌓이고 마차도 빠르게 노후될 것이다.

이성민은 적당한 평지에 마차를 멈추고서 말을 매어두었다.

"오늘은 여기서 노숙하도록 하죠."

"응."

이곳까지 오면서, 스칼렛과 많은 이야기를 나누지는 않았다. 이성민이 마차를 끄는 동안 스칼렛은 마부석 쪽에 앉아 마도서를 읽었다. 길이 험해 많이 흔들렸는데도 그녀의 독서는 멈추지 않았다. 과연 미래의 대마법사. 집중력 하나는 대단한 것 같았다.

"……노숙에 익숙하십니까?"

"너 되게 이상한 질문을 한다. 나도 므쉬의 산에서 거의 2년 동안 살았어. 씻지도 못하고 옷도 못 갈아입고 말이야. 노숙? 익숙하지. 아직까지는 침대에서 자는 것보다 맨바닥에 자는 것이 편하다고 느낄 정도인걸."

타악.

스칼렛이 읽고 있던 마도서를 덮으면서 대답했다. 이곳까지 오는 동안 스칼렛이 읽고 있던 마도서는 그 자체로 둔기라 해도 충분할 정도로 묵직하고 두꺼웠다. 그녀는 그것을 마차 안에 대충 던져두었다.

"그럼, 노숙 준비를……."

"준비? 무슨 준비?"

"장작 같은 것을 모아 와야……."

"너는 마법사를 뭐라고 생각하는 거야?"

이성민의 말에 스칼렛이 어이가 없다는 얼굴을 하고서 되물었다.

스칼렛은 주변을 휙 둘러보더니 가까이 있는 나무를 향해 손을 뻗었다. 영창도 없이 즉발로 마법이 발현되었다.

높다란 곳에 달린 굵직한 나뭇가지가 뚝 하고 부러져 스칼렛의 발밑으로 날아왔다. 스칼렛은 아무렇지도 않은 얼굴로 바닥에 놓인 나뭇가지를 향해 손을 뻗었다.

펑!

작은 폭발음과 함께 나뭇가지에 불이 붙었다.

"귀찮은 일을 안 하게 해주는 것이 마법이야. 상대를 죽이고 그런 것만이 마법은 아니라고."

"아…… 예."

"하여튼, 무공을 익힌 놈들은 다 이렇다니까. 무식해서 몸을 고생시켜. 너도 마법 몇 가지를 익히고 있잖아. 그러면 마법을 조금 더 적극적으로, 효율적으로 사용할 궁리를 하라고."

스칼렛은 투덜거리면서 자리에 앉았다. 이성민은 뭐라고 반박하지 못하고 스칼렛의 근처에 얌전히 앉았다.

"헤이스트에 스트렝스, 패티그 리커버리, 멘탈 클리닝. 기본적인 마법이기는 하지만, 마법이라는 것은 어떻게 사용하느냐에 따라 그 위력과 가능성이 무한하게 바뀐다고. 너, 마법을 제대로 쓰겠다는 생각을 해본 적은 있어?"

"아…… 아뇨. 어디까지나 저는 무공을 중심으로 익혔……."

"사고가 굳었어. 무공이 좋으니까 무공만 익힌다고 해서 무공에 재능이 있으리라는 보장은 없지. 혹시 모르는 일이잖아. 어쩌면 너는 무공보다 마법에 재능이 있을지도 몰라."

스칼렛이 팔짱을 끼며 그렇게 말했다. 그 말에 이성민은 뭐라고 대답할 말이 없어서 입을 다물어버렸다.

아주 틀린 말은 아니라고 생각한다. '잘하고 싶은 것'과 '잘할 수 있는 것'은 다른 법이다. 잘하고 싶은 것과 잘할 수 있는 것이 일치하는 것은 굉장히 운이 좋은 경우고, 그런 경우를 천재라고 할 수 있을 것이다.

이성민의 경우에는 그 둘이 일치하지 않고 있었다. 이성민은 무공을 잘하고 싶었지만, 무공을 잘할 수가 없었다.

재능이 없다는 이야기는 여태까지 수도 없이 들어서 새삼스레 떠올려 자괴감을 가질 것도 못 된다.

"어차피 여기서 브레던까지 몇 달은 가야 해. 그동안 너한테 쓸 만한 마법 몇 가지 정도는 가르쳐 줄 수 있……."

조잘거리며 떠들던 스칼렛의 표정이 싸늘하게 식었다.

그녀보다 조금 늦게, 이성민은 감지했다. 이성민이 가진 육감이, 아니, 이것은 육감의 경고가 아니었다.

왼쪽 가슴 안에서, 심장이 불쾌감을 내뿜고 있었다.

7장
동족(2)

갑작스러운 돌풍이 장내를 덮쳤다. 스칼렛이 만들어낸 모닥불이 바람을 이기지 못해 꺼졌다.

아직 완전한 밤이 되지 않아 하늘은 붉은 노을로 젖어가는 중이었고, 덕분에 모닥불이 꺼졌어도 주변을 둘러보는 것에 큰 문제는 없었다.

검은 머리카락의 소녀는 모닥불의 바로 근처에 서 있었다. 소녀가 서 있는 위치는 이성민과 스칼렛 둘 모두를 공격하는 것에 큰 무리가 없을 정도였다.

어느 틈에?

둘은 동시에 그런 의문을 품었다. 소녀의 접근은 상식의 범주를 뛰어넘은 초고속이었기에 스칼렛과 이성민은 소녀의 접근을 느끼지 못했다.

아이네는 숙이고 있던 몸을 일으켰다. 아이네가 공복 상태가 아니라는 것이 스칼렛과 이성민에게 있어서는 다행이었고, 운이 좋은 일이었다.

스칼렛은 아이네를 알지 못했지만 아이네에게서 발해지는 불길함은 확실하게 인지했다. 그것은 스칼렛으로서는 낯선 불길함이었다.

"……뭐야, 넌?"

하지만 스칼렛은 주눅 들지 않았다. 상황을 신경 쓰지 않고 언제나 성격대로 행동한다는 점이 스칼렛의 장점이자 단점이었다.

스칼렛은 몇 걸음 뒤로 물러서는 것으로 아이네와의 거리를 벌렸다.

'뭐 하는 거야?'

스칼렛은 경계와 동시에 행동을 개시했지만, 이성민은 아니었다. 그는 우두커니 서서 스칼렛을 보았다. 쿵쾅거리며 뛰는 심장 소리가 귓가에 시끄러이 울리고 있었다.

움직이지 않는 것은 아이네도 마찬가지였다. 그녀는 노란색의 두 눈을 깜박거리면서 지그시 이성민의 얼굴을 보았다.

"……너……."

이성민의 입술이 열렸다. 아이네와 만나는 것은 이번이 처음이다. 그런데, 낯설다는 느낌이 없었다. 만난 적이 없는데…… 알고 있다는 기분이 들었다.

아니, 그것보다는…… 동질감.

"누구야?"

이성민이 묻기 전에, 아이네가 먼저 그것을 물었다. 이성민이 느끼고 있는 기분을 아이네도 똑같이 느끼고 있었다. 다만, 아이네의 경우에는 이성민의 것과는 진행되는 감정의 변화가 달랐다.

동질감에 이어서 그것은 불쾌가 되었다. 그즈음에 이성민도 똑같은 불쾌감을 느끼고 있었으나, 느낀 '불쾌'를 어떻게 받아들였느냐가 아이네와 이성민의 결정적인 차이였다.

그것은 순식간에 일어났다. 아이네의 오른팔이 비틀리는가 싶더니 시커먼 촉수처럼 변화했고, 그것이 이성민을 향해 쏘아졌다.

"야!"

빽 하고 지른 고함과 함께 스칼렛이 대응했다. 확 하고 휘두른 손을 따라 마력이 요동쳤다. 이성민의 가슴을 노리고 쏘아진 촉수가 도중에 개입한 마력에 휘둘려 그 궤도를 바꾸었다.

이성민은 헉하고 숨을 삼키면서 급히 뒤로 물러섰다.

"정신 안 차려?! 뭐 하고 있는 거야!"

스칼렛이 굳은 얼굴로 외쳤다. 이성민은 느슨했던 정신에

날을 세우고서 몸을 날렸다. 바닥에 놓아두었던 창을 손에 쥐었지만 안심할 수는 없었다.

아이네는 꿈틀거리는 촉수를 다시 팔로 바꾸었다. 그녀는 자그마한 손을 쥐었다 펴면서 이성민의 얼굴을 빤히 보았다. 아이네는 스칼렛의 존재를 신경 쓰지 않았다. 그녀는 오직 이성민만을 보았다.

"너한테서 이상한 기분을 느끼고 있어."

아이네가 중얼거렸다. 아이네가 성큼거리며 발을 뻗었을 때 그녀의 발아래에서 새카만 마력이 솟구쳤다. 그 불길한 형태에 스칼렛은 아랫입술을 잘근 씹었다. 그녀는 품 안에 손을 넣더니 큼직한 장갑을 꺼내서 양손에 씌웠다.

"너는 누구야?"

아이네가 묻는다. 이성민은 대답하지 않는다.

위화감, 불길함, 뭔지 모를 적의.

아니, 그보다는 상대가 나를 죽이려 하고 있으니까. 넋 놓고 죽어줄 수도 없는 노릇이고.

"……이성민."

"이성민? 이름이야? 나는 아이네야."

아이네가 대답했다. 그녀는 눈썹을 한 번 찡그렸다가 입꼬리를 실룩 올리면서 웃었다.

"그렇구나."

그것으로 끝이었다. 아이네의 오른팔이 다시 형태를 바꾼다. 인체 비율을 무시하며 비대해진 오른팔은 우락부락한 괴물의 팔이었다.

공기를 찢으며 날아오는 주먹을 보면서 이성민은 급히 무영탈혼을 펼쳤다. 내공의 증진은 이성민의 몸을 보다 빠르게 만들어주었다.

주먹이 내리찍은 지면이 박살 나면서 토사가 위로 솟구친다.

이성민은 시야를 덮쳐오는 먼지구름을 향해 창을 크게 휘둘렀다. 먼지구름이 걷어진다. 그 너머에서 아이네는 촉수로 바꾼 팔을 이성민을 향해 휘둘렀다.

이성민은 뒤늦게 아이네가 누구인지 깨달았다. 로이드에게 들었던 말이 머리를 스친다. 팔다리의 형태를 바꾼다는 키메라 소녀에 대한 이야기였다.

생각할 여유는 없었다. 소녀의 공격은 괴상하고 변칙적이었다. 꿈틀거리며 날아온 촉수는 채찍보다 굵었지만 칼날처럼 날카로웠다.

이성민은 양손으로 잡은 창에 내공을 불어넣으면서 란의 수법으로 아이네의 촉수를 걷어냈다.

그럴 생각이었다.

손아귀가 찢어지는 것 같은 통증과 함께 이성민의 손안에서 창간이 역회전했다. 아이네의 공격은 오우거 키메라의 주먹과는 비교도 할 수 없을 정도로 무거웠다.

'흘려내는 것이 안 돼……!'

대환단과 소환단을 복용해서 내공이 늘어난 덕분에 버티는 것이라도 가능했다. 만약 대환단과 소환단을 복용하기 전이었다면 지금 공격 한 번에 팔이 찢겨 날아갔을 것이다.

겉모습이 어린 소녀의 것이라고 하여 우습게 볼 상대가 아니었다.

상대는 금색 마탑주인 로이드를 빈사지경으로 몰고 간 괴물이다.

이성민은 느슨하게 풀리려던 손에 간신히 힘을 불어넣고서 아이네의 공격을 버텨냈다.

이성민이 그러는 동안 스칼렛은 전투준비를 마쳤다. 양손에 낀 장갑의 손목을 덮은 금속이 빛을 발한다. 스칼렛은 입술을 빠르게 달싹거리며 텅 빈 허공을 향해 손을 활짝 펼쳤다.

스칼렛이 손가락을 움직일 때마다 허공에 글자가 적힌다. 아직 완성되지 않은 레시르 학파의 주문 각인(呪文刻印)이 펼쳐졌다. 허공에 새겨진 붉은 주문을 통해 마법이 발현되었다.

이성민을 공격하던 아이네는 등 뒤에서 느껴지는 위협에 흠칫 몸을 떨었다. 신경 쓰지 않아 눈에 들어오지 않았던 스칼렛이라는 존재가 아이네의 감각을 엉클었다. 주문을 통해 만들어진 이글거리는 불새가 아이네의 등 뒤를 덮쳤다.

"읏……!"

아이네는 급히 몸을 비틀면서 손을 활짝 펼쳤다. 아이네의 몸을 움직이게 하는 심장은 대부분의 마법에 대한 면역을 갖게 한다.

그것은 프레스칸이 자신이 만들고자 했던 궁극의 생명에 바라였던 절대적인 능력이었고, 비록 완성되지는 않았다고 해도 금색 마탑주인 로이드를 궁지로 몰아넣을 정도의 성능은 가지고 있었다.

하지만 스칼렛이 펼친 마법은 그 근본부터가 일반적인 마법과는 달랐다. 스칼렛의 주문 각인은 마법과 주술을 혼용한 것으로, 주술 중에서도 음양도(陰陽道)와 기문둔갑(奇門遁甲)을 근본으로 두고 있었다.

일반적인 마법이라면 아이네가 가진 마법 면역력을 뚫기 힘들었겠지만 스칼렛의 주문 각인은 일반적인 마법과는 달랐다.

콰아아앙!

아이네와 충돌한 불새는 마나로 흩어지지 않고서 아이네의 몸을 집어삼켰다.

이글거리는 초고온의 불꽃 속에서 아이네의 몸이 크게 비틀거렸다. 아이네는 통증을 몰랐지만 몸을 태우는 불꽃은 불쾌하다고 느꼈다.

콰드드득!

불꽃 속에서 아이네의 몸이 변화했다. 단순 마법 면역으로 막아낼 수 없다면 불꽃이 태우지 못하는 몸을 취하면 될 뿐이다.

바스락거리는 각질이 재가 되어 떨어지고, 그 아래에서는 거칠어 보이는 갑각의 피부가 모습을 드러냈다.

"육체 변화……! 폴리모프? 아니, 설마. 드래곤은 아니겠지!"

스칼렛은 그렇게 내뱉으면서 다시 양손을 펼쳤다. 스칼렛의 보조 덕에 호흡을 돌린 이성민은 흔들리는 감정의 동요를 가다듬었다.

이성민의 마음을 혼란하게 만드는 것은 이성민의 가슴 안에서 뛰고 있는 심장의 존재 때문이었다.

검은 심장. 이 심장과 어떻게 동화된 것인지는 이성민도 몰랐지만, 만약 이 안에서 뛰고 있는 것이 그때 던전의 허공에 떠 있던 검은 심장이라면, 지금 이성민을 살아 있게 만드는 것이 그 검은 심장이라면.

'지금의 나는, 저 여자애랑…… 같은 것 아닌가?'

심장을 뽑아 씹어먹는 괴물이랑?

그런 것을 신경 쓸 여유는 없었다. 그 웃기지도 않는 감상에 휘말릴 수도 없었다. 이유야 어찌 되었든 아이네는 이성민을 죽이려 들었다. 정확하게 심장을 노리고 쏘아졌던 그 공격이 애교 가득한 인사라고는 생각할 수가 없었다.

오히려 좋은 기회라고 생각하자.

대환단과 소환단을 복용한 후로 전력으로 싸움에 임해보는 것은 이번이 처음이다. 내공의 소모가 큰 편인 무영탈혼과 구천무극창을 펼치는 것을 주저할 필요가 없게 되었다.

일보무흔을 펼쳐 아이네에게 접근했을 때, 아이네는 웅크려 숙이고 있던 머리를 들고 있었다.

위로 들던 아이네의 시선과 이성민의 시선이 마주쳤다. 본능, 육감. 그것이 경고했다. 이성민은 쏘아내던 창을 물리고서 급히 발을 옆으로 끌었다.

보이지 않는 권격이 이성민의 귓가를 스쳤다. 직격한 것도 아닌데 귀가 찡하면서 시야가 순간 어지럽게 일렁거렸다. 조금 떨어진 곳에서 권법의 자세를 취하고 있는 아이네가 보였다.

"……백보신권?"

멍하니 묻는 질문에 아이네는 대답하지 않았다.

다만 아이네의 표정은 조금의 불만족을 담고 있었다. 아이네는 몇 번 손을 쥐었다 펴 보이더니 다시 권법의 자세를 잡았다. 그리고 백보신권이 시작되었다.

연달아 펼친 백보신권은 두 눈으로는 보이지 않았다. 하지만 므쉬의 산에서 단련한 감각이, 육감이 어떻게든 회피 동작을 가능하게끔 했다.

그에만 치중할 수는 없었다. 아이네는 오른손으로는 백보신권을 펼치면서 왼손을 그 형태를 바꾸어 이성민을 덮쳤다.

이성민 혼자였다면 아이네를 상대로 버티지 못했을 것이다.

하지만 지금은 이성민 혼자가 아니었다. 스칼렛이 이성민과 함께 있어준 것은 이성민에게 있어서는 어마어마한 행운이었다.

레시르 학파의 주문 각인. 비록 아직 완성되지는 않았다고 하여도 레시르 학파의 마법은 완성된 순간 비교적 어린 나이였던 스칼렛 레시르를 적색 마탑주로 만들어준 대마법이었다.

거기에 아이네와의 싸움에서 상성이 좋다는 것도 행운으로 작용했다.

지금의 스칼렛은 금색 마탑주인 로이드와 비교해서 제법 큰 격차가 있었지만 주문 각인의 독특함이 아이네를 곤란하게 만들었다.

그뿐만 아니라 프레스칸의 조력까지 없으니 아이네가 불리해지는 것은 당연한 결과였다.

땅에서 솟구친 흙의 손이 아이네의 다리를 붙잡았다. 아이네는 몸을 휘청거리면서도 왼팔을 휘둘렀다.

공기를 찢은 촉수가 이성민을 덮쳤다. 이성민은 자세를 낮추면서 아이네와의 거리를 좁혔다. 일직선으로 뻗은 창이 아이네의 가슴을 뚫으려 들었고, 그 순간에 아이네는 상체를 크게 비틀더니 왼쪽 어깨로 이성민의 창을 대신 받아냈다.

콰드득!

살과 근육을 찢고, 뼈를 부수는 소리가 났다. 이성민의 창이 아이네의 왼쪽 어깨를 꿰뚫는 것과 아이네가 오른팔을 휘둘러 자신의 양다리를 자르는 것은 거의 동시에 일어났다.

휘청거리며 뒤로 밀려난 아이네는 양발이 잘렸음에도 땅을 뒹굴지는 않았다.

그녀는 뒤로 넘어가는 즉시 공중제비를 돌더니 바닥에 내려섰고 스스로 끊어낸 양발은 이미 재생되어 있었다.

"괴물이네."

스칼렛이 짜증스러운 목소리로 내뱉었다.

그래, 짜증뿐이었다.

더 이상 저 뭔지 모를 괴물에 대한 위협은 느끼지 않고 있었다. 교전은 길지 않았지만 어느 쪽이 우위에 서는지 알게 하기에는 충분했다.

"응."

머리를 끄덕거리는 아이네의 대답에는 지금의 상황으로 맞닥뜨린 불리함에 대한 자각 따위는 그리 존재하지 않았다. 그것은 아이네가 무지한 탓은 아니었다. 사실이었기 때문이었다.

아이네가 입술을 실룩거리며 웃었을 때 그녀에게서 흘러나온 거대한 마력이 일렁거렸다.

상황이 우세하다 생각하고 있던 스칼렛은 자신의 그런 생각이 얼마나 성급했던 것인지 깨달을 수밖에 없었다. 아이네가 내뿜는 마력의 크기는 스칼렛의 상상을 아득하게 초월하고 있었다.

"뭐 하는 괴물이야……!"

스칼렛은 얼굴을 일그러뜨리면서 중얼거렸다. 스칼렛은 아이네가 금색 마탑주인 로이드를 빈사 상태로 몰아넣은 괴물이라는 것을 모르고 있었다.

그런 괴물 같은 강함을 이성민은 정면으로 바라보고 있었다. 이성민의 몸 안에서 뛰고 있는 심장과 아이네가 가진 심장은 같은 것이다.

하지만 같은 심장을 가지고 있다고 해서 이성민과 아이네가 똑같은 동족이라고는 할 수 없었다.

아이네가 보여주는 거대한 마력은 이성민의 이해를 아득히 뛰어넘고 있었다. 이성민이 대환단과 소환단의 내공을 온전히 자신의 것으로 삼았다고는 해도 아이네가 풀어내는 불길한 마력은 이성민이 가진 모든 내공과도 비교가 되지 않았다.

그런 괴물이, 이성민을 노리고 있었다. 동족으로서 보는 눈은 아니었다. 이유 모를 살의만을 내비친 시선이었고 아이네는 품은 살의를 시선만으로 끝내지 않을 것이다.

이성민은 죽고 싶지 않았다.

그것뿐이다.

죽고 싶지 않다. 죽어서는 안 된다.

죽어서는 안 될 이유 따위는 이제 와서 새삼스레 생각해 볼 것도 없다.

벌써부터, 이곳에서, 죽을 수는 없다.

스칼렛이 지르는 경고의 외침을 이성민은 아주 멀리서 들었다. 그는 창을 쥐었고 자세를 낮추었다.

아이네의 권법은 미숙했다. 제온이 익혔던 모든 무공을 아이네는 펼칠 수 있었지만, 그렇다고 해서 제온이 펼쳤던 것만큼 능숙하게 펼칠 수 있다는 것은 아니었다.

기억은 있고 수준은 같았지만 그것을 펼치는 아이네 본인이 권법에 미숙했다. 그러한 미숙함을 어마어마한 마력과 육체의 변화를 통한 변칙성으로 커버하는 것이 아이네의 전투법이었다.

스칼렛이 보조하지 않았더라면 이성민은 이미 아이네에게

죽임을 당했을 것이다.

아니, 어쩌면 지금.

촉수가 스친다. 아이네의 공격을 란과 나로 흘려내기에는 이성민의 힘이 부족했다.

귓가에 들리는 소리가 멀다. 호흡을 잊고서 이성민은 앞으로 달렸다. 머리를 아슬하게 스쳤던 촉수의 형태가 뒤바뀐다. 등 뒤를 찔러 오는 공격을 육감으로 느낀다.

무영탈혼 이식(二式), 일보무영(一步舞影).

그림자가 춤을 춘다. 이성민의 몸이 잔상을 그렸다. 돌진하는 속도 그대로 구천무극창 일초인 추혼일살을 쏘아낸다.

아이네는 피하지 않았다. 갑각이 씌워진 맨몸뚱이가 이성민의 창을 받아낸다.

쩌어엉!

둔탁한 소리와 함께 이성민의 손안에서 창이 바르르 몸을 떨었다. 내공을 그렇게 불어넣었음에도 창은 아이네의 몸을 꿰뚫지 못했다.

더 힘을 밀어 넣어 억지로 창두를 박아 넣을 여유는 없다. 이성민은 창을 쏘아낸 양손을 회수하면서 발을 움직였다.

일보무영으로 공간을 이탈했을 때, 아이네의 주먹이 방금

까지 이성민이 서 있던 자리를 때렸다.

아주 작은 실수도 용납되지 않는다. 오우거 키메라 때와 똑같, 아니, 그보다 더 심하다. 오우거 키메라의 공격에 대응할 때에는 어느 정도 여유가 있었으나, 지금의 이성민에게 여유는 없었다. 애초에 여유라는 것이 있을 수가 없었다.

'스칼렛 님이 없었다면.'

그런 생각. 자기 자신이 얼마나 무력한가.

그런 것은…… 프레스칸의 던전에서 자각했다.

절정고수라는 것이 사실은 얼마나 하찮은가. 매미가 되고 싶지는 않았어도 유충은 벗었다고 생각했던 자기 자신이 사실은 얼마나 보잘것없는 존재였는가.

상대는 괴물이다. 이성민과 같은 심장을 가지고 있다고는 해도 이성민과는 비교가 안 된다. 제온을 죽였고 로이드를 죽기 직전까지 몰아붙인 괴물.

'나는 할 수 있을까?'

코로나 용병단장인 제온을 상대로? 아니면 로이드를 상대로?

그런 생각을 한다고 해서 무엇이 바뀌고 무엇을 얻는가.

무의 끝을 보고 싶다.

그런 생각을 했다. 므쉬의 산을 나올 때만 하여도 이성민은 '무'라는 고독한 외길을 걷는 구도자가 되었다는 착각에 빠져 있었다.

미천한 재능을 대신할 행운과 인연, 그런 주제에 노력이라는 것으로 자신을 포장해서.

그래, 그때의 이성민은 그랬다.

하지만 지금은. 스스로의 약함, 위지호연이라면, 백소고라면. '나'가 아닌 타인의 시점으로 생각하면서 결국 해대는 것은 도피, 노력하는 것도 반쯤 포기해 버렸지.

무의 끝을 보겠다고, 노력하겠다고, 나 자신을 단련하겠다고 마음먹은 주제에 마갑이라는 것에 의존하여 넘지 못할 벽을 넘으려 했다. 그 벽을 부수려 하지도, 스스로 뛰어넘으려 하지도 않고서.

현실을 알았기 때문이라고, 잠들기 전에 이성민은 몇 번인가 스스로를 향해 그렇게 말해주었다.

의뢰를 수행하는 것은 쉬웠으나 그래 봤자 S급 의뢰.

실력은 발전하지 못했고 무공의 성취도 늘지 않았지. 므쉬의 산이 아닌 곳에서는 열심히 한 노력에 대한 보상을 받을 수 없으니까.

그래서 도망쳤다. 노력에 대해서, 무공의 수련에서.

그래서 죽는가.

콰앙!

이성민의 몸이 땅을 뒹굴었다. 이성민의 몸을 덮은 마갑은 본래의 능력을 잃기는 하였어도 그 자체로도 뛰어난 방어구의 역할은 수행해 주고 있었다.

그것이 다행이었다. 마갑이 없었더라면 이 정도 상처로 끝나지 않았을 것이다.

그렇다고는 해도 상처는 중했다. 겉으로 드러나지는 않았어도 내상이 제법 묵직하다.

나뒹군 이성민을 향해 아이네가 뛰어들었고 스칼렛이 급히 마법을 펼쳐 아이네를 견제했다.

시끄러운 폭음, 울렁거리고 쓰린 속, 입에서 느껴지는 비릿한 맛, 지끈거리는 두통, 쿵쿵거리며 뛰는 심장.

이성민은 숨을 몰아쉬면서 몸을 일으켰다. 왼쪽 옆구리가 욱신거렸다. 얻어맞아서인지, 굴러서인지, 어쩌면 둘 다인지.

어느새 밤이 가까웠고 주변은 어두웠다. 스칼렛이 펼치는 마법은 그쪽 분야에서 문외한인 이성민이 보기에도 대단했다.

스칼렛의 손이 허공을 훑을 때마다 알 수 없는 문자들이 허공을 수놓았다. 그리고 마법이 발현되고, 터진다.

그것을 보면서 이성민은 입안의 씁쓸함이 마치 독과 같다고 느꼈다. 혓바닥 아래에서 샘솟는 것은 침이 아닌 진한 독약이 되었다.

싫다. 무력한 자신이 싫다.

이성민은 발을 질질 끌었다.

'나는.'

변해야만 했다. 변하고 싶었다. '내'가 변하는 것으로 세상이 변한다는 것을 알았다. 므쉬의 산에서 배웠다. 그때의 이성민은 분명히 변했었다. 이전의 이성민, 므쉬의 산에 들어가기 이전의 이성민과는 다르게 변했었다.

부족했을 뿐이다. 누군가는, 그래, 흔히들 '천재'라고 불리는 부류의 인간은 모든 일을 쉽게 할 것이다. 앞으로 나아가는 것도, 변하는 것도.

천재가 내딛는 한 걸음은 범인이 내딛는 몇 개, 혹은 몇십 개의 걸음과 같을 것이다.

천재가 아닌 이성민은 계속해서 걸어야 한다. 한 번의 깨달음으로는 부족하다.

몇 번이고 계속 깨달아야 한다. 자기 자신에 대해서.

현실을 알아야 한다. 품었던 이상과 닥쳐오는 현실이 얼마나 다른지를 알아야 한다.

'알아.'

띄엄띄엄 떨어지는 생각을 이어 붙여. 나는, 알아.

느슨하게 풀리던 손아귀에 힘을 주어 창을 잡는다.

보잘것없다는 것을 알아. 하찮다는 것도 알고. 천재가 아니라는 것도 알아. 내가 느끼고 겪은 '변함'이 그렇게 대단하지 않았다는 것도 알지. 대단한 존재가 되었다고, 무의 끝을 보겠다고 구도자처럼 군 주제에 맞닥뜨린 벽에 너무 쉽게 포기하고 절망해 버린 등신이라는 것도 알아.

그런 주제에 높은 곳을 보고 있어.

이상이 너무 높아. 바라는 것이 너무 많아.

자기 혐오 속에서 이성민은 묵묵히 걸음을 움직였다. 스칼렛이 뛰어난 마법사라고는 하여도, 그녀의 주문 각인은 아직 완성되지 않은 마법이다. 덕분에 마력 소모에 대한 효율이 그리 좋지 않다.

기문둔갑과 음양도를 접목시킨 주문 각인은 마법 면역을 갖추고 있는 아이네를 상대로 유효한 공격법이기는 했다.

하지만 결정력이 너무 부족했다. '지금'의 스칼렛이 끌어낼 수 있는 화력으로는 승패를 결정짓기에 너무나도 부족했다. 터무니없는 재생력을 갖춘 아이네는 궁극의 생명이라고 말하기에 부족함이 없었다.

그녀는 상처를 회복하고, 회복하고, 회복하는 것을 반복하며 스칼렛을 몰아붙이려 했다.

이성민은 그것을 보았다. 역겨운 자기 혐오 속에서, 스스로의 무력감에 짓눌려서.

싫다.

그런 거부감이 이성민을 움직이게끔 만든다.

스칼렛을 죽게 하고 싶지 않다. 나 역시 죽고 싶지 않다. 죽어서 안 될 이유가 있다.

아직 변하지 못했다.

스칼렛을 향해 뛰어들던 아이네는 등 뒤에서의 예리함을 감지했다.

무시해도 상관은 없을 정도로 얕은 공격이었지만, 아이네는 굳이 몸을 돌려주었다.

애초에 아이네의 신경을 거슬리게 했던 것은 스칼렛의 존재가 아닌 이성민의 존재다.

아이네는 이성민이 누구인지는 모른다. 다만 마음에 들지 않았고, 신경에 거슬렸다.

아이네는 이런 문제를 해결하는 방법에 대해서는 거의 알고 있지 못했기 때문에 그녀 나름대로 합리적인 답을 내려 했을 뿐이었다.

죽여 버린다면 끝날 일 아닌가.

창을 내지르는 이성민을 보면서 아이네는 이를 드러내며 웃었다.

가볍고 느린 공격. 맨몸으로 맞아도 아무 문제 없다.

실제로 그러했다. 아이네가 가볍게 휘저은 손에 이성민의 창은 형편없이 위로 튀어 오른다.

손아귀가 찢어지고 팔꿈치 관절이 들어온 힘을 이기지 못해 삐걱거린다. 텅 빈 가슴을 노리고 들어오는 아이네의 손을, 그 날카로운 손톱을 피하기 위해 본능적으로 몸을 비튼다.

카가각!

날카로운 쇳소리와 함께 옆구리를 감싸고 있던 마갑이 베어진다. 얄팍하게 베인 옆구리의 상처에서 피가 쏟아진다. 조금 더 깊게 베어졌더라면 내장이 흘렀을지도 모른다.

안심할 수는 없다. 아이네는 포식자였고 이성민은 먹잇감이었다. 포식자가 먹잇감을 농락하려 든다.

토끼와 호랑이 사이에 놀이와 싸움은 성립되지 않는다. 토끼가 아무리 필사적이라고 해봐야 호랑이가 장난처럼 휘두른 앞발에 얻어맞으면 죽을 수밖에 없다.

이성민은 토끼처럼 뛰었다. 어쩌면 토끼라기보다는 벼룩이라고 하는 것이 옳을지도 모른다.

아이네의 폭력을 피해서, 살아남기 위해서 뛰었다. 쉼 없이 움직이는 발은 무영탈혼의 보법을 밟았고, 그 사이사이에 삐걱거리는 팔을 억지로 움직여 가며 구천무극창을 펼친다.

스칼렛은 더 이상 이성민을 지원해 주지 못했다. 그녀는 숨을 몰아쉬면서 마력을 가다듬었고, 복잡한 감정이 섞인 눈으로 이성민을 볼 뿐이었다.

그녀가 도망친다고 해도 이성민은 그녀를 원망하지 않을 것이다.

하지만 스칼렛은 도망칠 생각은 하지 않고 있었다. 그녀는 진지하게, 자신의 마지막 수를 사용할 것인가 말 것인가에 대해 고민하고 있었다.

물론 이성민은 그것을 알지 못했다. 그를 알고자 할 여유도 없었다.

콰아앙!

아이네의 발길질에 이성민의 몸이 뒤로 밀려난다. 다리에 힘이 풀려 그 자리에 그대로 주저앉을 뻔하였으나, 이성민은 간신히 쓰러지지 않고 버텨냈다.

꽉 다문 아랫입술 사이에서 검은 피가 울컥하고 흘렀다. 아이네가 깔깔거리며 웃었다. 형태를 바꾼 손은 커다랗고 날카로웠다.

창이 무겁다. 오랜만에 느껴보는 무거움이었다. 산에서 내려온 이후로 창이 무겁다고 느낀 적은 없었다.

몸이 무겁다. 이 역시 마찬가지였다. 시달린 고막은 웅웅거리는 잡음을 냈고, 코에는 피비린내가 아른거렸다.

죽는다.

이곳이 나의 끝인 것일까. 위지호연도 만나지 못하고, 백소고를 구하지도 못하고, 괜히 스칼렛을 휘말리게 해서 죽게 만들고.

갑작스러운 죽음, 언제나 그러하듯이.

단전에는 아직 내공이 남아 있다.

먹은 값어치를 못하는 빌어먹을 몸뚱이야.

이성민은 웃고 싶은 기분을 참으면서 내공을 끌어냈다. 자하신공을…… 돌린다. 내공을 돌린다. 아이네가 뛰어오는 것을 보면서 그래도 아직은, 아직은 죽을 순간이 아니라고 생각한다.

왜냐하면 아직 움직일 수 있으니까.

죽음을 달갑게 받아들일 수 있는 사람은 많지 않을 것이다. 미련이 남은 사람이라면 죽음을 바라지 않는다. 미련이 없는 사람이라도 죽음 앞에서 태연할 수는 없을 것이다. 죽지 않기 위해서 발악하는 것은 대부분의 사람이 그렇다.

이성민도 발악했다. 죽어서 안 될 이유는 수없이 존재했고, 그것은 이성민을 움직이는 미련이 되었다.

지금 이 자리에서 이성민을 구해줄 수 있는 사람은 없었다.

위지호연도 없고, 백소고도 없다. 로이드도 없다.

살아남기 위해서는 '내'가 해야만 한다. 누군가에게 기대서는 안 된다. 내가 변하여 세상이 변한 것처럼, 모든 주체는 '나'에게 있다.

머릿속이 조금, 맑아진 기분이었다.

스칼렛은 고민에 끝을 내렸다. 고민해 봤자 그녀가 낼 수 있는 답은 둘뿐이다.

도망치든가 싸우든가.

그중 도망치는 것은 애초에 스칼렛에게 있어서는 논외였다. 그럼에도 고민하고 있던 것은 단순히 아까웠기 때문이다. 하지만 지금 상황에서 그것을 따질 수는 없었다. 스칼렛은 혀를 차면서 품 안에 손을 집어넣었다.

그 순간이었다. 이성민의 창에서 자색의 연기가 부풀었다. 뛰어들던 아이네는 본능적으로 저것이 위험하다고 알았고, 그 즉시 뛰던 것을 멈추고서 이성민과의 거리를 벌렸다.

부풀었던 연기가 휘감겨 뭉친다. 그것은 희미한 연기가 아니라 일렁거리는 빛이 되었다. 아니, 이글거리며 타오르는 불꽃처럼 보이기도 했다.

그런 빛을 처음 보는 아이네가 입을 반쯤 벌리고서 두 눈을 동그랗게 떴다.

피를 너무 쏟아 안색이 창백해진 이성민은 자신의 창을 감싼 자색의 불꽃을 가만히 내려 보았다.

울고 싶다고 생각했다.

창을 앞으로 쏘았을 때, 창의 움직임은 구천무극창이 아니었다. 이성민이 가장 많이 수련했던 란나찰의 찰이었다.

그래, 단순한 찌르기였다.

그리 빠르지 않은 찌르기였으나 아이네는 더 이상 그것을 무시하지 못했다. 그녀는 굳은 얼굴로 응수했다. 갑각으로 뒤

덮은 손이 창을 막아내기 위해 다가온다.

막지 못했다. 창두가 닿은 순간 갑각은 흩어졌고 금속의 날이 꿰뚫기도 전에 아이네의 손바닥이 꿰뚫렸다. 그렇게 하는 것에 속도나 힘 같은 것은 필요 없었다.

막힘없이 밀어낸 창두가 아이네의 오른쪽 어깨를 꿰뚫는다.

아이네가 비명을 질렀다. 통증을 모르는 그녀였지만 지금의 통증은 이질적이었다.

상처가 재생이 안 된다. 아이네는 날카로운 비명을 고함으로 바꾸며 왼쪽 손을 휘둘렀다. 이성민은 반걸음 뒤로 물러섰고, 란의 수법으로 창간을 회전시켰다.

회전에 휘말린 아이네의 왼팔이 뜯겼다. 이 과정에서도 큰 힘은 필요하지 않았다.

스칼렛은 품 안에 손을 넣은 자세 그대로 굳어버렸고, 아이네의 두 눈동자가 경악으로 떠졌다.

이성민은 복잡한 생각을 하지 못하고 있었다. 그는 다시 란나찰의 수법으로 아이네를 공격했고, 기겁한 아이네가 상체를 비틀었다. 스친 옆구리가 쩍하고 갈라지면서 피가 왈칵거리며 쏟았다.

"아, 아, 아파!"

아이네가 비명을 지른다. 상처를 감싸고 싶어도 그녀는 더 이상 양손을 갖지 못했다.

아이네는 펄쩍 하고 뒤로 뛰었다. 그러고는 망설임 없이 도망치기 시작했다.

이성민은 아이네를 쫓기 위해서 발을 움직였으나, 몇 걸음 걷지 못하고 그 자리에 주저앉아 버렸다. 머리가 핑 돌았고 코에서는 피가 줄줄 흐르고 있었다.

스칼렛도 아이네를 쫓지 않고 급히 이성민에게 달려왔다.

"……아."

이성민은 멀어지는 아이네를 보지 않았다.

그냥, 아직까지 놓지 않은 자신의 창을 보았다. 창을 감싸고 있던 불꽃은 더 이상 존재하지 않았다.

"해냈어."

이성민은 흐릿해져 가는 의식을 놓으면서 중얼거렸다.

조금 전 이성민이 펼친 것은 강기였다.

기었다.

걸었다.

뛰었다.

몸을 움직이는 것은 느렸다.

몸은 무겁지 않았으나 힘이 제대로 들어가지 않았다.

시간이 늘어지는 것인지 의식이 늘어지는 것인지조차 알

수 없는, 모호한 감각의 연속이었다.

어느 순간부터인가 이성민은 기다가, 걷다가, 뛰었고, 더 빨리 뛰기를 바라였다.

하지만 더 빠르게 뛸 수는 없었다. 스치는 풍경이 느리다. 애초에 풍경이라는 것이 보이지 않는다.

이성민이 뛰고 있는 세계는 시커먼 색으로 물들어 있었다. 그것은 빛 한 점 없는 밤과 같았고, 이성민이 므쉬의 산에서 익숙해졌던 어둠과 닮아 있었다.

뛰고 있음은 알았다. 이성민은 날고 싶다고 바라였으나, 날 수는 없었다.

어느 순간부터 이성민은 뛰지 않고 멈췄다. 그리고 창을 휘둘렀다.

란나찰에서 구천무극창.

이미 익숙한 창로를 손과 창으로 따랐다.

한 번만 더.

간절하게 그를 바라였다.

이성민은 자신이 펼쳤던 강기를 떠올렸고, 그것을 다시 펼치기 위해 몇 번이고 시도했다. 내공을 불어넣어 창두에 자색의 불꽃을 입히고 싶었다.

되지 않았다. 감각 자체를 모르겠다. 어떻게 가능했던 것인지 기억이 나질 않는다. 몇 번을 시도해 보았으나 실패했다.

단전에 웅크리고 있는 내공은 굳어버린 것처럼 움직이지 않았다.

대체 왜. 그때의 강기는 단순한 우연이었나?

거듭된 실패 속에서 이성민은 절망을 느꼈다. 어느 순간부터는 창을 쥐지도 않았고 움직이지도 않았다. 주저앉는 시간이 많아졌고 좌절은 의욕을 뭉개놓았다.

그렇게 썩어간다고 생각했다.

눈을 떴을 때에는 시끄러운 빗소리가 가득했다. 이성민은 멍하니 천장을 올려 보았다.

마차의 천장은…… 아니었다. 이성민은 입술을 벌려 잠깐 동안 호흡을 더듬었고 '방금'까지 겪었던 일이 모두 꿈이었다는 것을 깨달았다.

"일어났어?"

스칼렛의 목소리가 들렸다. 창가에 둔 의자에 스칼렛이 앉아 있었다. 그녀는 콧잔등에 걸치고 있던 안경을 벗으며 읽고 있던 책을 덮었다.

"너, 사흘 동안 쓰러져 있었어. ……죽는 거 아닌가 싶었는데. 그래도 죽지는 않았네."

"……여긴…… 어딥니까?"

목소리가 잘 나오지 않았다. 전신이 나른하고 뻐근한 것이 사흘 동안 쓰러져 있었다는 게 사실인 모양이었다.

하긴 이런 것으로 스칼렛이 거짓말을 할 이유도 없을 테고.

"그냥 어디에나 있는 마을이야. 도시까지 가기에는 시간이 꽤 부족해서."

"스칼렛 님이 마차를?"

"나도 몰 수는 있어. 하기는 싫지만. 뭐 어쩌겠어? 마차를 몰아야 할 네가 쓰러졌으니 내가 해야 할 것 아냐."

스칼렛은 투덜거리면서 몸을 일으켰다. 그녀는 창밖에 내리는 비를 힐긋 보았다.

"오늘 아침부터 내리더라. 내일이면 그칠 것 같기는 한데…… 비 온 뒤에는 땅이 안 좋잖아. 빨라야 모레가 되어야 출발할 수 있지 않을까. 너도 오늘 막 눈을 떴고."

스칼렛은 그렇게 말하면서 이성민을 향해 다가왔다.

"이 마을의 의사를 불러보기는 했는데…… 그리 실력이 뛰어난 편이 아니라서 말이야. 치유 마법사나 프리스트가 있는 것도 아니고. 일단 포션을 써서 외상을 어떻게든 치료하기는 했는데…… 일단 확인해 봐."

정신이 조금 몽롱하기는 했지만, 이성민은 일단 스칼렛의 말을 따라 양팔을 움직여 보기로 했다.

기억하는 상처는 양 손바닥과 팔꿈치 관절, 왼쪽 옆구리와 늑골의 상처였다.

이성민의 양팔에는 부목이 대어져 있었다. 이성민이 스칼렛을 힐긋 보자 스칼렛이 대수롭지 않다는 얼굴로 대답했다.

"내가 했어. 응급처치법은 나도 아니까."

이성민은 부목의 아래에서 조심스레 팔을 움직여 보았다. 약간 뻐근하기는 했어도 움직이는 것에 큰 무리는 없었다.

포션이라고 해서 상처를 완벽하게 회복시켜 주는 것은 아니다. 찰과상이나 베인 상처에는 효과가 빠르지만, 골절상이나 내상은 포션만으로는 완전히 회복이 불가능하다. 그럼에도 큰 통증 없이 뼈가 붙었다는 것은 운이 좋은 경우였다.

'아니, 어쩌면 이것도 심장의 능력인가?'

이성민은 자신의 몸 안에 있는 검은 심장이 정확히 무슨 능력을 가지고 있는 것인지 모르고 있었다.

그나마 확인했던 것은 영약을 복용할 때에 정제과정 없이 단전으로 인도할 수 있다는 것. 그 외에 다른 것은 모른다.

이성민과 같은 심장을 가지고 있는 아이네는 여러 가지로 이성민과 달랐다. 아이네는 이성민이 할 수 없는 다양한 능력들을 가지고 있었다. 백보신권을 펼치던 것을 보니 제온의 심장을 통해 제온의 무공을 빼앗은 것 같았다.

그런 것이 어떻게 가능한 것인지는 모르겠지만, 그 외에도 아이네는 다양한 능력을 가지고 있었다.

그녀의 팔다리는 계속해서 형태를 바꾸었고, 단단한 갑각으로 전신을 감싸기도 했다. 육체 능력은 이성민보다 뛰어났고 상처를 순식간에 재생해 내기도 했다. 어떤 점을 보아도 인간이라고는 할 수 없는 능력들이었다.

이성민과는 다르다. 이성민은 팔다리를 바꿀 수도 없었고, 경이적인 재생력도 갖지 못했다. 하지만 아이네만큼은 아니어도 어느 정도의 재생력을 갖추게 되었을 수도 있다.

"괜찮은 것 같습니다."

"내상 쪽은 어때?"

스칼렛이 다가와 이성민의 양팔에 묶인 부목을 풀어주었다. 이성민은 팔을 조금 움직여 보고서 가부좌를 틀고 앉았다. 아이네와의 싸움에서 내상을 제법 크게 입었다고 생각했는데…… 사흘 사이에 내상은 이미 회복되어 있었다. 포션의 도움이 있었다고는 해도 기이할 정도로 빠른 회복력이었다.

"왜 도망치지 않으셨습니까?"

내공을 살짝 움직여 보고서 이성민은 스칼렛을 향해 물었다. 의자를 끌어다가 이성민의 곁에 앉은 스칼렛이 헛웃음을 흘렸다.

"그러고 싶지 않았으니까."

"위험한 상황 아니었습니까? 자칫했다가는……."

"별로 그렇지도 않았어. 실제로 위험하게 되지도 않았고. ……도망치고 싶지 않았으니까. 그게 전부야. 널 버리고 가고 싶지도 않았고."

자세하게는 말하고 싶지 않다는 모양이라 이성민은 더 이상 캐묻지는 않았다.

"그보다 그 괴물 꼬맹이는 대체 뭐였던 거야? 왜 갑자기 나타나서 우리를 공격한 거지?"

"……저 때문일 겁니다."

이성민이 작은 목소리로 대답했다. 그 말에 스칼렛의 눈썹이 꿈틀거렸다.

"무슨 뜻이야?"

스칼렛에게는 빚이 있다. 그녀는 이성민을 버리고 도망칠 수도 있었으나 이성민을 위해 남는 것을 선택했다. 스칼렛의 도움이 없었더라면 이성민은 아이네를 상대로 버틸 수 없었을 것이다.

이성민은 한숨을 쉬면서 자신과 아이네의 관계에 대해 말해주었다. 스칼렛은 입술을 꾹 다물고 이성민의 이야기를 들었다.

던전에서 있었던 일과 이성민이 갖게 된 검은 심장, 그리고 아마 그와 같은 심장을 갖고 있는 아이네의 이야기를 다 듣고 나서 스칼렛은 한숨을 푹 내쉬더니 뒤통수를 벅벅 긁었다.

"……어쩐지. 네가 김종현, 그 사이코 자식이랑 이상하게 자주 만난다 싶더라니. 그 심장 때문이었던 거야?"

"아…… 예."

"너도 참 재수 더럽게 없다. 아니, 이 경우에는 재수가 좋다고 해야 하는 건가? 어찌 되었든 몸이 예전보다 더 좋아진 것이잖아. 그렇게 생각하면 적당한 대가라고 보는데."

"죽을 뻔한 것이 말입니까?"

"세상에는 그런 위험을 감수하고서도 기연을 얻고 싶어 하는 놈이 넘치도록 있어. 앞으로도 안 죽으면 되는 거잖아."

스칼렛은 투덜거리면서 몸을 일으켰다.

"넌 운이 좋은 줄 알아. 나랑 같이 다니게 된 덕에 목숨 부지하기 더 편해졌을 테니까."

"……앞으로도 저랑 같이 다니시겠다는 겁니까?"

"왜? 내가 이 말 들으면 내 목숨 아깝다고 너랑 같이 안 다닐 줄 알았어? 너, 나를 잘못 봐도 한참을 잘못 보고 있었구나? 나 그렇게 정 없는 사람 아니야."

스칼렛이 피식거리며 웃었다. 그녀는 창가에 놓인 테이블 위에 두었던 안경과 책을 들어 올렸다.

"어쨌든. 몸이 나쁘지 않은 것 같아서 다행이야. ……원래는 비가 그치고 땅이 좀 마른 뒤에 떠날까 했는데. 네 사정을 들으니 그렇게 여유를 부릴 수는 없을 것 같아. 내일 비가 그치는 대로 바로 떠나도록 하자."

"아…… 예."

"내 생각은 안 해도 돼. 아무리 위험해도 내 목숨 지킬 방법은 가지고 있으니까."

쉬고 있어.

스칼렛은 그렇게 말하고서 방을 나갔다. 당연히 그렇겠지만 스칼렛은 다른 방에 묵고 있었다. 단지 이성민을 간호하기 위해서 이 방에서 지내고 있었을 뿐이다.

스칼렛이 떠나자 이성민은 방 안에 홀로 남게 되었다. 이성민은 스칼렛이 남긴 말을 생각해 보았다.

왜 스칼렛이 위험을 감수하면서까지 이성민과 같이 다니려는 것인지는 지금으로서는 알 수가 없었다. 스칼렛 본인도 알려줄 생각이 없는 것 같으니 캐물어 봤자 이유는 알 수 없을 것이다.

다만 이성민이 느끼기에는 스칼렛의 말과 태도에는 감정적인 이유가 깃들어 있었다. 그 감정은 남녀 사이의 애정 같은 것은 아니었다.

이성민은 그에 대한 생각은 그만두었다. 이성민은 조심스레 몸을 일으켰다. 제법 오랫동안 누워 있던 탓인지 몸이 나른하고 뻐근하였다. 그것은 꿈속에서 느꼈던 무거움과 닮아서 그리 기분이 좋지는 않았다.

벽에 기대어 세워놓은 창을 향해 손을 뻗으면서 이성민은 많은 생각을 했다. 그 생각의 대부분은 꿈에서 느낀 절망에서 기인한 것들이었다.

창을 쥐었을 때 이성민은 크게 숨을 삼켰다. 떨리는 가슴을 진정시키면서…….

이성민은 기절하기 직전에 느꼈던 것을 떠올려 보았다. 사실…… 방법은 이성민 스스로도 잘 알지 못했다. 방법을 알고서 강기를 쓴 것이 아니다. 지긋지긋한 상념과 자기 혐오의 끝에서 머릿속이 맑아지는 것 같았고…… 거기서, 갑자기 강기를 쓸 수 있게 되었다.

그때 느꼈던 것을 더듬어 보면서 이성민은 단전에서 내공을 끌어올렸다.

창에 불어넣은 내공은 자주색의 안개가 되어 창간과 창두의 주변을 떠돌았다.

이것으로는 부족하다.

이성민은 계속해서 내공을 불어넣었다. 흔들리던 안개의 색이 진해지며 서로 뭉치기 시작했다.

조금 더.

감각을 기억하려 애쓰면서 이성민은 내공을 더 불어넣었다. 그리고 어느 순간, 안개가 완전히 뭉쳤다. 이윽고 그것은 흔들거리는 불길이 되었다. 아이네와의 싸움에서 도달했던 강기보다는 색이 옅고 크기가 작기는 했지만, 단순히 기를 덮는 것을 넘어 강기의 수준에 도달한 것은 틀림없는 사실이었다.

그것은 이성민이 절정의 가장 크고 단단하며 높은 벽을 뛰어넘었다는 증거이기도 했다.

강기를 쓴다고 해서 초절정 고수가 되는 것은 아니지만 모든 초절정 고수는 강기를 사용한다. 즉, 강기는 초절정의 경지에 가까워졌다는 증거였다.

'하지만 미숙해.'

그것은 어쩔 수 없는 사실이었다. 강기를 만들어내는 것에 시간이 너무 오래 걸리고 정신집중이 필요하다. 내공의 소모도 많아 남발하는 것은 불가능하다.

우선 강기를 형성하는 것에 익숙해지는 것이 이성민이 해야 할 최우선 과제일 것이다.

이성민은 창을 내려놓았다. 그리고…… 조금 울었다.

아이네와의 싸움에서 강기를 처음 사용했을 때, 이성민은 울고 싶다고 생각했다. 전생에서는 꿈에도 꾸지 못했던 경지에 들어선 것에 감격했다. 그런 눈물이었다.

나는 조금 앞으로 나아간 것일까. 얼마나 앞으로 나아간 것일까.

한 걸음? 어쩌면 반걸음일지도 모른다.

그건 중요하지 않다. 앞으로 나아갔다는 것이 중요한 것이다.

이성민은 자리에 무릎을 꿇고 앉아 계속해서 울었다.

창밖에서는 빗줄기가 가늘어지고 있었다.

8장
검룡

아이네는 죽지 않았다. 그때의 상황은 아이네에게 있어서 심하게 불리했기 때문에 더 이상 싸우는 것을 택하지 않고 자리를 뜨는 것을 택했을 뿐이다.

양팔을 잘라놓기는 했지만 아이네가 양 발목이 잘린 상태에서 순식간에 잘린 발을 재생했던 것을 두 눈으로 직접 보았었다.

아이네가 왜 덤볐던 것인지는 모른다. 하지만 이것 하나는 분명했다. 아이네는 이성민이 검은 심장을 가지고 있다는 것을 알고 있었다.

그 괴물같이 강하던 리치, 프레스칸도 죽지 않았다. 틀림없이 그 둘은 같이 행동하고 있을 것이다.

'아마…… 내 심장을 빼앗으려는 것이겠지.'

이번에는 운이 좋았다. 그렇게 생각할 수밖에 없었다. 스칼렛이 없었더라면 이성민은 오래 버티지 못해 죽었을 것이고, 운 좋게 그 상황에서 강기의 사용법을 깨치지 못했다면 스칼렛이 있었어도 죽었을 것이다. 그래, 단순히 운이 좋았을 뿐이다.

'결국에는 운이야.'

언제 아이네가 다시 쫓아올지 모르는 일이었기 때문에 비가 그친 다음 날 바로 마을을 출발했다.

이성민의 상처는 이미 대부분이 회복되어 있었지만 스칼렛은 굳이 나서서 이성민 대신에 마차를 몰았다. 의외로 스칼렛은 마차를 모는 것이 능숙했다.

대강의 사정은 들어두었기에 스칼렛도 빠르게 이 지역을 이탈하는 것에는 동의했다.

스칼렛이 마차를 몰아준 덕분에 이성민은 자기 자신에 대해 조금 더 생각해 볼 수 있었다.

강기를 사용할 수 있게 되었으나 무공의 성취는 늘지 않았다. 상태창에 표시되는 무공의 성취는 거짓말을 하지 않는다.

'아직 초절정의 벽은 넘지 못했어.'

단순히 하나의 벽을 넘었을 뿐이다. 아직 이성민의 앞에는 많은 벽이 남아 있었다. 지금의 이성민은 그 벽의 존재를 제대로 인식하지도 못하고 있었다.

나는 조금 강해진 것일까.

그런 의문에 이성민은 스스로 답을 낼 수가 없었다. 강해지기는…… 했을 것이다. 하지만 지금 정도의 강함으로는 부족하다는 생각만 든다. 강기를 쓸 수 있게 되었다고는 했지만 프레스칸을 상대로 이길 수 있으리라는 생각은 들지 않는다.

상대가 아이네라고 해도 마찬가지다. 다음에도 운이 좋으리라는 보장은 없다.

그래서 이성민은 다시 창을 휘두르기 시작했다. 생각해 보면…… 이렇게 수행에 집중하는 것은 제법 오랜만이었다.

벽을 맞닥뜨리고, 그것을 넘지 못한다고 생각했을 때 이성민은 좌절했었다. 좌절해 버려서 수행을 멈췄다. 더 좌절하고 싶지 않았기 때문이다. 아무리 해도 되지 않을 때 느끼게 될 절망이 두려웠었다.

지금은 아니었다. 아이네와 프레스칸의 습격을 걱정하기는 했지만, 처음의 급습 이후로 아이네는 모습을 드러내지 않았다.

그것이 조금 불안하기는 했지만, 그를 제외하면 여정은 순조로웠다. 도중에 몇 개의 도시를 거쳤고 그때마다 마차를 보수하고 말을 바꾸었다.

이성민과 스칼렛이 베헨게르를 떠나고서 석 달이 흘렀다.

석 달 동안 이성민은 시간이 날 때마다 창법과 보법, 내공심법을 수행했다. 이성민이 그럴 때마다 스칼렛은 멀지 않은 곳에서 마도서를 펼쳐 이성민은 이해하지 못하는 마법이라는 학문에 매진했다.

"참 열심히도 하네."

새벽 공기가 차가웠다. 마차의 문을 열고 나온 스칼렛은 담요를 몸에 둘둘 말고 있었다. 흐르던 땀을 찬 공기에 말리고 있던 이성민은 스칼렛을 힐긋 돌아보았다.

"평소보다 일찍 일어나셨네요."

"좋은 꿈을 꾸지 않아서."

그렇게 말하는 스칼렛의 얼굴에는 옅은 짜증이 실려 있었다.

스칼렛은 타들어 가는 모닥불을 힐긋 보더니 손을 뻗었다. 별다른 영창도 없이 모닥불에 불꽃이 더해졌다.

"그러고 보니, 너는 므쉬의 산에 있었을 적에 꿈에 대한 금제를 받았었지. ……생각해 보면 너도 참 독해. 매일매일 악몽을 꿨단 거잖아. 나 같으면 미쳐 버렸을 거야."

"의외로 버틸 만했습니다. 스칼렛 님의 마법도 있었고."

"멘탈 클리닝은 어디까지나 임시방편일 뿐이야. 너한테 가르쳐 주기는 했지만, 나는 솔직히…… 네가 버티지 못할 것이라고 생각했어. 수행을 끝내고 산에서 도망치든가, 아니면 미쳐 버리든가. 둘 중 하나라고 생각했었지."

스칼렛이 큭큭거리면서 웃었다. 그녀는 모닥불의 근처에 웅크리고 앉아 담요를 여몄다.

"뭐 해? 신경 쓰지 말고 계속해."

"더 주무시지 않을 겁니까?"

"말했잖아, 악몽을 꿨다고."

"무슨 악몽이었습니까?"

"오지랖도 넓으셔. 무슨 악몽을 꿨는지는 왜? 말하면 네가 해결이라도 해줄 거야?"

스칼렛이 입꼬리를 올리면서 물었다. 스칼렛의 저런 화법에 대해서는 이미 완전히 익숙해졌기 때문에 이성민은 별 고민 없이 어깨를 으쓱거렸다.

"들어주는 것 정도는 해드릴 수 있으니까요."

"난 딱히 네가 들어주기를 바라지 않는데."

"그러면 말하지 않으셔도 됩니다."

이성민은 그렇게 대답하고서 창을 들었다. 정신을 집중하고서 내공을 움직인다. 창을 덮은 자색의 연기가 뭉쳐서 불꽃이 되었다.

처음과 비교하면 강기를 형성하는 속도는 제법 빨라졌다. 하지만 지금도 느리기는 했다. 이성민은 자기 자신이 이런 종류에 대해 요령이 부족하다는 것을 자각할 수밖에 없었다.

"옛날 꿈을 꿨어."

스칼렛이 중얼거렸다. 이성민은 창을 휘두르는 것을 멈추지 않았다. 하지만 귀는 열어두고 스칼렛의 말을 들었다.

괜히 창을 멈추고 스칼렛 쪽을 신경 쓴다면 스칼렛은 말하려던 것도 하지 않으려 할 것이다.

"내가 아직 어렸을 때의 이야기야. 내가 아주…… 앙증맞고 귀여운 꼬마 아가씨였을 때의 이야기지. 에리아에 소환되기 이전의 말이야. 별것 아닌 이야기긴 한데. 전쟁이 터졌거든."

단숨에 이야기의 스케일이 커져 버렸다.

"왜, 전쟁이 나면 고아는 항상 생기는 법이거든. 나도 그랬어. 그때의 꿈을 꾼 거야. 가족이 죽고, 마을이 불타고. 나는 운이 좋아서 살아남았고, 그 이후로도 쭉 운이 좋았지. 어떻게든 살아남을 수 있었고, 마법도 익히게 되었으니까."

살아남는 것에 있어서는 말이야.

스칼렛이 덧붙였다.

"사실 모든 것이 그렇다고 생각해. 운이 좋아서 살아남고, 살아가는 것이지. 운이 없으면 죽는 것이 당연하잖아. 내 주변에는…… 운이 없는 녀석이 많았어. 기껏 친해졌는데 운이 없어서 죽어버리면 운이 좋아 살아남은 쪽은 상실감이 꽤 크거든. 그런 법이야."

운이 없어서 죽는다.

그 말은 이성민도 동감했다. 전생에서의 이성민은 운이 없어서 죽었다. 이번 생에는 운이 좋아서 살아남았다. 그 '운'이라는 것이 정말로 운인 것인지는 이성민 스스로도 잘 알 수가 없었지만.

"그런 상실감에는 익숙해지기가 힘들어. 나는…… 그러더라고. 이건 내 일종의 방어기제야. 나는 여태까지 운이 좋았고, 앞으로도 운이 좋을 것이라고 생각해. 하지만 다른 사람까지 운이 좋을 것이라는 생각은 하지 못해. 그래서 친해지고 싶지 않아."

무슨 말을 하는 거람.

스칼렛이 헛웃음을 흘렸다.

"그러니까, 이런 거야. 친해지지 않으면 돼. 사람이라는 것은 다 그렇잖아? 자기 주변 사람이 죽으면 다양한 기분을 느끼지만 자신과 아무 상관 없는 사람이 죽으면 그냥 그렇지. 응, 딱히 이기적이라고 할 것도 없이 사람은 그래. 나도 그렇고."

란나찰은 구천무극창이 되었다. 제법 긴 세월 익혀온 창법은 익숙했고 휘두르는 것에 막힘이 없었다.

단전에서 흘러나오는 내공이 강기를 유지한다. 하지만 그 빛은 점점 엷어진다. 강기를 유지하는 것만으로도 어마어마한 집중도가 소모되는데, 스칼렛의 말까지 듣고 있으니 집중을 유지하는 것이 힘들었다.

"앞으로 일주일 정도면 브레던에 도착할 거야. 여태까지는 운이 좋아서 아무 일도 없었지. 앞으로도 그랬으면 좋겠어."

"걱정해 주는 겁니까?"

이성민이 창을 멈췄다. 그 말에 모닥불을 보고 있던 스칼렛이 시선을 들었다. 흔들리는 불빛이 스칼렛의 얼굴을 밝히고 있었다.

"응."

스칼렛이 머리를 끄덕거렸다.

"기껏 친해졌으니까. 죽는 것을 보고 싶지 않거든."

"나도 똑같습니다."

이성민이 쓰게 웃으면서 말했다.

"스칼렛 님만 그런 것이 아니에요. 나도…… 내가 아는 사람이 죽는 것은 보고 싶지 않습니다. 막을 수 있다면 막고 싶다고 생각해요."

백소고의 죽음을 막고 싶은 것도 그런 이유다. 딱히 이성민의 성격이 유별난 것은 아니다. 알고 있는 사람이고, 죽게 하고 싶지 않은 사람이니까. 그래서 죽게 하고 싶지 않을 뿐이다.

"넌 운이 좋은 줄 알아."

스칼렛은 담요의 안쪽에서 두꺼운 마도서를 꺼냈다. 그녀는 안경을 콧등에 올려 쓰면서 히죽 웃었다.

"운이 좋은 내가, 너랑 같이 다녀주고 있으니까. 알지? 내가 없었다면 너는 '그 괴물'이 습격했을 때 죽었을 거야."

"그 일은…… 감사하다고 생각하고 있습니다."

"생각만으로는 부족해."

스칼렛은 그렇게 말하면서 마도서를 펼쳤다.

"앞으로 기회가 생긴다면 그 빚을 갚도록 해. 내가 네 목숨을 한 번 구해줬으니까. 너도 나중에 내 목숨을 구하란 말이야."

"알겠습니다."

이성민은 웃으면서 대답하기는 했지만 딱히 그것을 크게 신경 쓰지는 않았다.

적어도 앞으로 10년 정도는 스칼렛에게 아무런 위험도 생기지 않는다. 머지않아 스칼렛은 레시르 학파의 마법을 완성할 것이고, 대마법사가 되어 적색 마탑주가 된다.

즉, 여태까지 스칼렛을 살아오게 만든 '운'은 앞으로도 똑같이 작용된다는 말이다.

하지만 이성민은 다르다.

'나도 여태까지는 운이 좋았지.'

하지만 앞으로는 어떨까.

브레던은 불상이 많았다. 구파일방 중 하나인 소림은 정파를 상징하는 열 개의 문파 중에서 특히나 그 세가 강성한 곳이다. 흔히들 정파 무림의 태산북두라고 말을 하는데, 그중에서 태산은 소림을 일컫고 북두는 무당을 일컫는다. 그것은 대부분의 차원에 존재하는 무림이 공유하고 있는 사실이었다.

브레던은 에리아에 있는 도시였지만 구파일방이 자리 잡은 다른 도시들이 그러하듯이 제나비스나 베헨게르, 그리고 이성민과 스칼렛이 여태까지 지나왔던 다른 도시들과 그 분위기가 판이하게 달랐다.

입구에서부터 불상이 서 있었고 공기 중에는 '향'의 냄새가 섞여 있었다.

"브레던에 와보는 것은 처음이야."

브레던과 같은 대도시에는 입성 전에 신분 증명이 필요했다. 제나비스나 그에 인접한 베헨게르에서는 어중이떠중이 이계인이 많지만 브레던 정도 되는 도시에는 아니다.

그런 어중이떠중이들은 브레던에 도착하기도 전에 죽는다.

"S급 용병…… 베헨게르라. 멀리서도 오셨군."

성문을 지키고 있는 경비병의 복색부터가 다른 도시와는 달랐다. 그들은 갑옷이 아닌 무복을 입고 있었다.

스칼렛은 눈을 초롱초롱 빛내며 성문의 안쪽을 바라보았다. 동양풍의 건축물들이 쭉 이어져 있는 것이 보였다.

"브레던에 처음으로 소림의 본산이 들어온 것은 수백 년 전이래. 참 신기하지 않아? 이미 수백 년 전부터 이 세계에는 이계인들이 소환되고 있었다는 거야."

성문을 통과하는 것에 큰 어려움은 없었다. 이성민이야 용병패로 신분이 증명되고 있었고, 마법사 길드 소속인 스칼렛도 마찬가지였다.

"수백 년 전에 소환된 신불(神佛) 무각대사는 브레던에 도착하고서 브레던 근처에 있는 이름 없던 산에 '숭산'이라는 이름을 붙였지. 대부분의 중원 무림에서는 숭산이라는 산에 소림이 있었다는 모양이야. 뭐, 그들이 알고 있는 숭산의 모습은 제각각이었다지만."

거리를 걷던 스칼렛이 손을 들었다. 브레던의 서쪽 성문 너머에는 그리 크지 않은 산이 있었다. 저 산이 브레던에 있는 소림 본산이 위치한, 신불 무각 대사가 이름 붙인 에리아의 '숭산'이었다.

"수백 년 전부터 이계인이 소환되었지만, 이계인이 무엇을 위해 이 세계에 소환된 것인지는 아직도 밝혀지지 않았어. 마법사 중에서는 이계인의 소환 이유에 '진리'가 이어져 있다고 믿는 미치광이들도 존재하지. 꽤 많은 학파가 그 이유를 연구했지만 아무도 이유를 알아내지 못했어. 애초에 이 문제에 대해 답을 해줄 수 있는 존재가 누가 있겠냐구."

"어…… 음. 신이라면 알지 않을까요."

“신? 아하하! 내가 므쉬한테 물어봤는데, 므쉬도 모른다고 하더라. 뭐, 나는 이계인이 소환되는 것에 특별한 이유가 있다고는 생각하지 않아. 그냥 이 세계는 ‘그런’ 세계인 거야. 딱히 이유 없이, 그냥 전 차원에서 운 없는 녀석들을 소환하는 세계인 거지.”

스칼렛이 크게 웃으면서 말했다.

“아, 무조건 운이 없다고 하는 것은 너무 성급한 말이려나? 누군가는 이 세계에 소환되는 것이 행운이었을지도 모르니까. 내 경우에는 반반이지만.”

스칼렛은 그렇게 말하면서 이성민을 돌아보았다. 그녀는 두 눈을 샐쭉 휘어 보이며 악동처럼 웃었다.

“당장 소림에 갈 것도 아니지? 그러니까, 응. 기왕 목적지에 도착했으니 관광이라도 해보자구.”

은근한 권유도 아니었다. 대놓고 하는 권유에 이성민은 피식 웃으면서 머리를 끄덕거렸다.

“알겠습니다.”

브레던이라는 도시에는 이성민도 제법 관심이 있었다.

“어서옵쇼!”

식사를 위해 들어온 식당은 정오가 조금 지나 점심시간이 한창이었기 때문에 사람들로 북적거리고 있었다. 스칼렛은 두 눈을 빛내면서 식당의 안을 둘러보았다.

브레던이라는 도시의 분위기가 다른 도시와 판이하게 달랐듯이 식당 내부의 분위기도 독특했다.

이성민과 스칼렛은 2층의 빈자리로 안내되었다. 둘을 안내한 것은 허벅지를 튼 치파오 차림의 여자 종업원이었다. 그녀는 방긋 웃으면서 이성민과 스칼렛을 향해 물었다.

“브레던은 처음이신가요?”

“아, 예.”

“역시! 그렇다면 이곳의 음식이 잘 맞지 않으실 수도 있어요. 이 도시에서 살아가는 분 중엔 이계인이 많고, 본인이 이계인이 아니어도 이계인 출신의 조상을 가진 분이 많아서요.”

종업원은 그렇게 말하면서 메뉴판을 건네주었다. 그 말을 듣고 보니 주변에 혼혈이 꽤 많아 보이기는 했다.

“각지에서 중원 출신의 무림인도 많이 오고요. 그러다 보니 그분들의 입맛에 맞는 요리가 많아요. 남자 손님은 괜찮을 것 같은데…… 여자 손님은 음식이 입에 안 맞을 수도 있어요.”

종업원이 스칼렛을 힐긋 보면서 말했다. 이성민은 무림 출신은 아니지만 중원 무림인과 같은 동양인이다. 하지만 스칼렛은 누가 봐도 서양인의 외모를 가지고 있었기 때문에 종업원이 오해한 모양이었다.

"거르는 음식은 없다고 생각하지만…… 으음, 중원 음식을 먹는 것은 이번이 처음이기는 해."

스칼렛은 그렇게 중얼거리면서 메뉴판을 휘휘 넘겼다. 그 말에 종업원이 배시시 웃더니 말했다.

"중원 음식은 향신료를 듬뿍 사용해서 맛이 굉장히 강해요. 조금 덜한 것들로 추천해 드릴까요?"

"아, 네. 그렇게 해주세요."

스칼렛이 머리를 끄덕거렸다. 이성민도 중원 음식에 익숙하지 않은 것은 똑같았기에 종업원이 추천해 주는 음식들로 주문을 골랐다.

"소림으로 가서는 어쩔 거야?"

"글쎄요. 일단 가 봐야 알 것 같습니다."

"나는 무공은 잘 모르지만, 소림이라고 하면 무림 문파 중에서도 굉장히 유명한 곳이잖아."

"그야 그렇기는 한데…… 저도 소림에 대해서는 잘 모릅니다. 어느 정도 소문을 들은 것이 전부라서요."

몇 달 동안의 여행 도중에 이성민은 스칼렛에게 소림으로 가는 이유에 대해 알려주었었다.

이성민의 말을 듣고서 스칼렛이 어깨를 으쓱거렸다.

"멀리서 무공서를 반납해 주기 위해 온 것이니까 말이야.

뭔가 더 해주지 않을까?"

"글쎄요…… 그리 가치가 없는 무공들이라는 말을 들어서요. 예의상 뭔가를 챙겨줄 것 같기는 한데, 사실 뭘 줄지는 저도 잘 모르겠습니다."

네블이 말하기로는 소환단 정도는 줄 것이라고 하였지만 일이 그렇게 잘 풀릴 것이라는 생각은 들지 않았다.

"그보다."

스칼렛이 미간을 찡그렸다.

"이 식당, 서비스는 괜찮은데 똥파리가 많네."

스칼렛이 다리를 꼬고서 팔짱을 꼈다. '똥파리'라는 말에 이성민은 쓰게 웃었다. 스칼렛은 얼굴과는 다르게 어울리지 않는 저렴한 단어와 폭언을 즐기곤 했다. 하지만 '똥파리'라는 단어에는 이성민도 동의했다.

"그렇군요."

시선을 느낀다. 그들은 나름대로는 은밀하게 이쪽을 살피는 듯했지만, 이성민과 스칼렛은 이쪽을 향하는 시선들을 확실하게 감지하고 있었다.

둘이 종업원을 따라 2층에 안내되고, 이 자리에 앉는 순간부터 2층에 있는 무인 대부분이 이성민과 스칼렛에게 시선을 보내고 있었다.

외인(外人)이라서?

아니, 그것보다는.

'아직 미숙해.'

이성민은 혀를 차면서 생각했다. 내공을 숨기는 것이 미숙하다. 정말로 초절정의 경지에 도달한다면 반박귀진이 완성되어 등봉조극을 이루게 된다. 아무리 심후한 내공과 드높은 무공 실력을 가지고 있어도 내공과 육체의 조화가 완벽하고 심오해져 겉으로 보기에는 그 성취를 읽어낼 수 없게 되는 것이다.

지금의 이성민에게는 멀고도 먼 경지였다. 지금의 이성민은 반박귀진은커녕 한서불침과 노화순청의 경지에도 도달하지 못했다.

대환단과 소환단을 통해 내공은 심후해졌지만, 그를 조율하는 자하신공의 성취가 아직 너무 낮다. 강기를 만들어내는 것은 가능하게 되었어도 전체적인 내공의 조율이 아직은 미숙했다. 때문에 아무리 내공을 감추고 기세를 낮추어도 흘러넘쳐 버린다.

그렇다 보니 어느 정도 경지에 도달한 무인들은 이성민의 존재를 신경 쓰게 될 수밖에 없는 것이다.

"후후! 똥파리라."

스칼렛의 투덜거림은 딱히 목소리를 낮춘 것이 아니었기에 주변의 사람들이 듣기에는 충분히 컸다.

천천히 몸을 일으킨 것은 창가 쪽에 앉아 있던 청년이었다. 남색 무복을 입은 청년은 가늘게 뜬 눈으로 이성민과 스칼렛을 바라보았다.

"아리따운 소저가 보기와는 다르게 입이 험해. 아니, 오히려 그래서 더 매력적인가?"

"새끼, 말하는 것 좀 봐. 목구멍에 버터를 처발랐나."

스칼렛이 헛웃음을 흘리며 중얼거렸다. 조금 과하지 않나 싶어서 이성민은 난감함을 느꼈고, 스칼렛에게 말을 걸었던 청년의 얼굴이 뻣뻣하게 굳었다.

"……과연, 아름다운 꽃에는 가시가 있는……."

"이 미친 새끼. 회화를 소설로 배웠냐?"

청년의 중얼거림이 끝나기도 전에 스칼렛이 웃음을 터뜨리면서 그렇게 물었다.

그 말에 굳었던 청년의 얼굴이 시뻘겋게 달아올랐다. 씨근거리는 숨을 내뱉으며 청년이 성큼거리며 스칼렛에게 다가왔다.

이성민은 그것을 보면서 한숨을 쉬며 의자를 뒤로 끌었다.

"그만."

이성민이 나서기도 전이었다. 다른 쪽에서 목소리가 들렸다. 그 말에 청년의 걸음이 멈추었다.

"비청학 공자, 그대의 눈이 옹이구멍이 아니라면 품은 살의를 갈무리하고 얌전히 앉아 식사나 계속하는 것이 좋을 것이오."

그렇게 말한 것은 반대쪽 창가에서 차를 마시고 있던 청년이었다. 청년의 말에 비청학이 걸음을 멈추고 얼굴을 일그러뜨렸다.

"내 이름을 알고 있다면 내가 어떻게 불리는지도 알고 있을 텐데?"

"별호라는 것이 이래서 안 좋단 말이오. 대충 갖다 붙여준 별호인데, 그리 대단하지도 않은 실력을 가진 좆밥들이 꼭 자기가 별호만큼 한다고 나댄단 말이야."

"좆…… 좆밥? 뭐?"

"좆밥이라고 했소, 유아백검(儒雅白劍) 비청학. 아니면 왜. 그대가 믿고 있는 것은 유아백검이라는 별호와 좆밥 같은 실력이 아니라, 이 근처에서 꽤 세가 강성하다는 비씨 세가의 힘인가?"

청년이 이죽거리며 하는 말에 비청학의 두 눈이 싸늘하게 식었다. 그는 허리춤에 맨 검을 어루만지면서 입술을 열었다.

"그대의 모욕이 도를 넘었군. 감당할 수 있겠소이까?"

"비청학 공자, 이건 내가 그대를 위해 하는 말이기도 하니 부디 새겨들어 주시오. 감당할 수 있겠냐는 말을 논하고 싶거든 머리를 삭발하고 가문의 전 재산을 들고 숭산으로 들어가

제자로 들여달라 한 뒤에, 소림의 제자가 되어 50년 동안 면벽 수련을 하시오. 아무리 그대가 좆밥이라고 하여도 소림의 무공을 들고 50년 면벽 수행을 한다면 그런 말을 논할 실력을 갖출 수 있을 것이오."

청년이 웃음을 흘리면서 말했다. 누가 봐도 놀리는 말이었기 때문에 비청학의 얼굴이 일그러졌다. 그는 더 이상 참지 못하고 검을 뽑으려 하였고.

"뽑지 마시오."

청년의 말이 비청학의 행동을 멈추었다. 단순히 '말'만이 비청학의 행동이 멈춘 것은 아니었다. 청년의 목소리에 실린 심후한 공력이 비청학의 몸을 굳게 만들었다.

"그대가 검을 뽑는다면 돌이킬 수 없는 일이 벌어질 것이오. 그대의 대단치 못한 실력이 그대의 목숨을 보호해 줄 수 있을 리는 만무하고, 유아백검이라는 별호도 마찬가지지. 비씨 세가의 힘도 마찬가지고."

"그…… 그대는 누구요?"

비청학의 이마에서 식은땀이 흘렀다. 청년이 내뱉은 말과 목소리에 실린 공력은 비청학의 수준을 아득히 초월하고 있었다. 청년이 웃음을 흘렸다.

"빨리도 묻는군. 하는 짓을 보아하니 그대의 두 눈은 정말로 옹이구멍이었던 모양이야."

"누구냐고 물었잖소……!"

"남궁희원."

청년이 대답했다.

그 대답을 듣고서 비청학의 얼굴이 하얗게 질렸다. 비청학뿐만이 아니었다. 둘의 대화를 흥미롭게 듣고 있던 2층의 손님 대부분이 경악했다. 그것은 이성민도 마찬가지였다.

'남궁'이라는 성씨를 쓰는 무림인이라면 명문세가인 남궁세가에 소속되어 있다는 말이다. 물론 모든 남궁씨가 남궁세가의 직계이고 대단한 고수인 것은 아니다. 하지만 남궁희원이라면 무공을 익힌 무림인 중에서 모르는 이가 드물 정도의 유명인이었다.

당연히 이성민도 남궁희원이라는 이름을 알고 있었다.

검룡(劍龍) 남궁희원.

전생의 이성민이 죽기 전까지 명성을 떨치고 있던, 남궁세가 제일의 후기지수다. 동시에 그는 남궁세가의 가주이자 세가 내 제일고수인 천존검왕(天尊劍王) 남궁백의 외아들이기도 했다.

즉, 가진 실력이 대단하며 거대한 명문세가인 남궁세가의 힘을 등 뒤에 업은 금수저라는 말이었다.

"으…… 으으음……."

비씨 세가가 이 동네에서 꽤나 힘을 쓰고 있다고는 하지만 남궁세가와는 비교가 안 된다.

비청학은 똥 씹은 얼굴이 되어 뒷걸음질 쳤다.

"이곳이 소림이 지배하는 도시라는 것을 다행인 줄 아시오. 뭐 하고 있소? 가만히 앉아서 식사나 계속하지 않고."

남궁희원의 말에 비청학은 얌전히 자신의 자리로 돌아갔다. 이성민은 그런 비청학을 보다가 남궁희원 쪽을 돌아보았다. 이성민과 눈이 마주치자 남궁희원이 빙그레 웃더니 몸을 일으켰다.

"걘 또 왜 와?"

스칼렛이 투덜거렸다. 근처까지 다가온 남궁희원은 스칼렛과 이성민을 향해 포권을 취하며 머리를 숙였다.

"내가 괜한 참견을 한 것이라 생각하지는 말아주시오. 괜히 시체라도 치우게 되었다가는 이 가게에서 일하는 종업원들이 불쌍하지 않소."

"시체라니, 무슨 말입니까?"

이성민이 물었다. 그 말에 남궁희원이 너털웃음을 터뜨렸다.

"저 뭣도 모르는 좆밥 공자가 와서 뻘짓이라도 했다가는 시체가 되지 않았겠소?"

"그런 생각은 하지 않았는데."

"직전까지 살기를 뿜으려 했으면서 어디서 거짓말을 하

시오?"

남궁희원의 말에 이성민은 쩝 하고 입맛을 다셨다. 죽일 생각은 없었으나 비청학이 다가와 시비를 건다면 어느 정도의 위협을 줄 생각을 품었던 것은 사실이었기 때문이다.

"괜찮다면 합석해도 되겠소?"

"밥 다 먹은 것 아니었습니까?"

"먹으려면 얼마든지 더 먹을 수 있소."

"밥을 먹고 싶은 거야? 아니면 대화를 하고 싶은 거야?"

그렇게 물은 것은 스칼렛이었다. 남궁희원이 남궁세가의 소속이라고는 하지만 스칼렛은 아무런 신경도 쓰지 않고 있었다. 어찌 보면 무례하기 짝이 없는 말이었지만 남궁희원은 신경 쓰지 않았다.

"당연히 대화를 하고 싶은 것이오."

"그러면 앉아. 밥값은 당신이 내고."

"하하!"

남궁희원은 크게 웃으면서도 의자를 빼고서 이성민의 곁에 앉았다.

이성민은 옆에서 느껴지는 노골적인 시선에 헛기침을 내뱉었다. 시선을 통해 느끼건대, 남궁희원이 관심을 가지고 있는 것은 스칼렛이 아닌 이성민이었다.

"뭘 그렇게 보시는 겁니까?"

"아니, 신기해서 그렇소. 그대는 반박귀진에 도달한 것도 아니고 반로환동을 한 것도 아니야. 그렇다면 그냥 보이는 만큼의 나이를 먹었다는 뜻일 텐데…… 뭐 주안술을 익히지 않았다면 말이오. 궁금해서 묻는데, 그대는 몇 살이오?"

"열여덟입니다."

"그렇군. 열여덟에 초절정을 목전에 두고 있다는 말인가…… 하하! 그건 참 대단하군. 나는 많고 많은 기재를 보아 왔고 나 스스로도 대단한 기재라고 생각해 왔는데."

남궁희원은 그렇게 중얼거렸다. 이성민을 보는 남궁희원의 두 눈이 가늘어졌다.

"혹시나 해서 묻는 것인데."

"뭡니까?"

"당신의 별호가 소천마요?"

마시던 차를 뿜을 뻔했다. 설마 소천마라는 별호를 이곳에서 그것도 남궁희원의 입에서 듣게 될 줄은 몰랐기 때문이다.

이성민은 어이가 없다는 표정을 지으며 남궁희원을 바라보았다.

"소천마?"

"소천마 위지호연. 약관도 되지 않은 나이이면서 어마어마한 무공을 가지고 있다는 어린 괴물이지. 하지만 그대의 반응을 보니 그대가 소천마는 아닌 것 같군."

타인에게서 위지호연에 대한 이야기를 듣는 것은 처음이었다. 하지만 시기를 보건대 슬슬 떠돌던 위지호연이 자리를 잡고서 본격적으로 소문을 만들어 가기 시작하는 때인 것은 맞았다.

물론 그런 위지호연은 이성민을 만나지 않은, 전생의 위지호연이기는 했다.

"그리고 소천마는 여자라는 이야기가 있어서."

"……여자?"

"남장을 한 여자라는 말이 있소. 누군가는 그냥 여자라고 말을 하기도 하고."

그것만은 이성민이 알고 있는 전생의 기억과는 이야기가 달랐다. 전생의 위지호연은 여자라는 의혹이 붙은 적이 없었다. 아마 지금의 위지호연은 딱히 남자로서 보이는 것을 고집하지 않는 듯했다.

"뭐 어쨌든. 그대는 소천마가 아닌 것 같은데……."

남궁희원은 거기서 한 번 말을 멈추고서 이성민의 얼굴을 들여 보았다.

"그렇다면 그대는 누구인 것이오?"

'누구냐'라고 묻는 남궁희원의 질문에 이성민은 그의 얼굴을 물끄러미 들여다보았다.

대답 자체가 어려운 것은 아니다. 그럼에도 즉답하지 못한 것은 이성민의 앞에 있는 것이 남궁세가의 소공자이자 차기 당주인 검룡 남궁희원이며, 그런 남궁희원에게 소천마 위지호연의 이름이 나왔다는 것에 조금 놀라 버린 탓이다.

"……이성민이라고 합니다."

"이성민? 들어본 적이 없는 이름인데. 아, 미안하오. 내가 견문이 좀 짧은 편이라. 정확히 말하자면 듣고 싶은 것만 듣고 듣기 싫은 것은 흘려듣는 편이라오. 싹수가 없다는 말이지."

남궁희원이 어깨를 으쓱거리며 대답했다.

"혹, 이름 외에 불리는 별호 같은 것은 없소?"

"없습니다. 나는 무림인이 아니라 용병입니다."

"무림인이 아니라 용병이라. 애초에 무림 출신이 아니라는 뜻이오?"

"나는 노 클래스입니다."

이성민이 대답했다. 그 말에 남궁희원의 표정이 살짝 굳었다. 짧은 침묵의 끝에 남궁희원이 쿡쿡거리며 웃는 소리를 냈다.

"생각보다 더 대단한 분이셨군. 그대는 이미 초절정의 문을 두드리고 있는 듯한데. 내 말이 맞지 않소?"

"나는 무림인이 아닙니다."

"무공을 익히기는 했잖소."

“익히기는 했죠. 하지만 당신과 같은 ‘진짜’ 무림인처럼…….”

“진짜 무림인이라는 것은 상당히 우스운 말이오.”

남궁희원이 큰 소리로 웃었다.

“나는 무공을 익혔고 남궁 성씨를 가지고 있지. 하지만 그렇다고 해서 내가 ‘중원 무림’을 알고 있는 것은 아니오. 이계인으로서 에리아에 소환된 것은 내 고조부셨고, 그분은 에리아 각지에 흩어져 있던 남궁 성씨를 가진 무림인들을 모아다가 이 세계에 남궁세가를 세웠소. 그렇게 지금의 내가 있는 것이지. 나는 중원 무림에 가 본 적도 없고 중원 무림에서 태어나지도 않았소. 내 고향은 에리아란 말이오.”

남궁희원은 그렇게 말하면서 팔짱을 꼈다.

“그런 나를 무림인이라 해야 하오? 내 말투는 세가에서 배웠고 내 무공도 세가에서 배웠소. 그렇다고 해서 내가 무림인인 것인가? 나는 중원에서 태어나 이계에 온 것도 아닌데?”

“하지만 나보다는 진짜에 가까울 겁니다.”

이성민이 대답했다. 그 대답에 남궁희원이 다시 한번 웃는 소리를 냈다.

“그럴지도 모르겠군. 그대는 강기를 사용할 수 있소이까?”

“사용할 수는 있습니다.”

“하지만 반박귀진을 완성하지는 못했군. 등봉조극도 이루지 못했어. 하면 노화순청은 어떻소?”

"이루지 못했습니다."

"임독양맥이 뚫리지 않았다는 것인가?"

남궁희원이 이상하다는 표정을 지으면서 머리를 갸웃거렸다. 그 말에 이성민은 떨떠름한 얼굴을 하고서 머리를 끄덕거렸다.

"뚫리지 않았습니다."

"……말이 안 되는데."

이성민의 대답에 남궁희원이 미간을 찡그리면서 중얼거렸다.

"임독양맥이 뚫리지도 않았는데 검강의 경지에 들어섰다고? 어떻게 그럴 수가 있지?"

"……임독양맥이 뚫리지 않는다면 검강을 쓸 수 없는 겁니까?"

"일반적인 경우라면 그렇소. 검강을 쓰기 위해서는 기혈이 내공의 거친 흐름을 견뎌내면서 순환이 고속으로 되어야 하오. 임독양맥이 뚫린다는 것은 내공이 흐르는 가장 빠른 길이 열린다는 뜻이지."

"그게 그렇게 중요한 겁니까?"

"당연히 중요하오. 임독양맥이 뚫리지 않는 상태로 강기를 쓴다는 것은 대단한 일이기는 하지만 효율이 쓰레기처럼 좋지 않소. 내공의 소모도 커지고."

남궁희원이 하는 말을 듣고서야 이성민은 자신이 강기를 만들어내면서 거치는 '집중'의 과정이 사실은 불필요한 것이었음을 깨달았다.

단순히 요령이 부족한 것이라고 생각했는데 요령이 아니라 임독양맥이 뚫리지 않아 효율이 좋지 않았을 뿐이었다.

"하지만 뭐…… 그런 경우도 있겠지. 나도 겪어본 적은 없소만, 이야기는 들어보았소. 얻은 심득을 육체가 온전히 받아들이지 못했을 때. 육체가 무공을 따르지 못하게 된다는군."

"내가 그런 경우라는 겁니까?"

"그럴 수도 있다는 것이오. 하지만 아니기를 바라는 것이 좋을 것이오. 그런 경우는 대개…… 끝이 좋지 않거든. 심(心)과 신(身)과 기(氣)의 부조화는 필연적으로 주화입마를 불러오게 되오."

남궁희원의 말에 이성민의 얼굴이 뻣뻣하게 굳었다. 심과 신과 기의 부조화가 지금의 이성민의 몸에 일어난 것인지는 알 수 없었으나, 장기적으로 보았을 때에 위험성이 있다는 것은 틀림없어 보였다.

"언제까지 그런 어려운 이야기를 하고 있을 거야?"

뚱한 표정을 하고서 오가는 이야기를 듣고 있던 스칼렛이 대뜸 내뱉었다. 마법사인 그녀는 이성민과 남궁희원의 대화를 거의 이해하지 못하고 있었다.

스칼렛이 내뱉은 말에 남궁희원이 너털웃음을 터뜨리면서 머리를 꾸벅 숙였다.

"하하, 미안합니다. 신경 쓰이는 일이다 보니 나도 모르게."

"그, 소천마 말입니다만."

스칼렛에게는 미안한 일이었지만 이성민은 '그녀'에 대한 이야기는 묻지 않고 배길 수가 없었다.

"어떤 인물입니까?"

"관심 있소이까?"

"나는 무림인이 아니지만 '천마'라는 별호가 어느 정도의 무게를 가지고 있는지는 알고 있습니다. 소천마라고 한들 천마는 천마. ……단순한 호기심입니다."

"후후! 그대는 '천마'라 불리는 이들에 대해 얼마나 알고 있소?"

"거의 알지 못합니다."

이성민의 대답에 남궁희원이 웃는 소리를 냈다.

"현 에리아에 '천마'라고 불리는 이는 셋이오."

요리가 나왔다. 스칼렛은 이성민과 남궁희원의 대화를 막는 것을 포기했다. 그녀는 입술을 삐죽 내밀고서 소채무침을 젓가락으로 뒤적거렸다.

"하나는 혈천마(血天魔) 백무선. 약관을 넘긴 청년으로 4년 전쯤부터 이름을 날리고 있지. 그가 활동하고 있는 지역은 에리아 북단의 만년설의 지역이오. 아직 어린 나이이지만 그쪽 지역에서는 패주로 군림하고 있소. 조만간 그 지역을 일통하고서 다른 지역으로 진출할 것이라 추측되고 있지."

혈천마 백무선이라면 이성민도 안다. 이성민이 죽게 될 즈음에 백무선은 북쪽 지역을 떠나 남하한다. 그 이후로는 어떻게 되었는지는 이성민도 모르고 있었다.

"다른 하나는 광천마(狂天魔) 벽원패. 난 사실 이 인물이야말로 천마라는 별호에 걸맞은 인물이라고 생각하오. 나이도 제법 많고 무공도 하늘에 닿았다고 평가되는 인물이지. 혈천마 백무선은 확실하게 초절정의 경지를 넘은 인물이지만, 광천마 벽원패는…… 그 이상의 경지에 도달한 진정한 의미의 초인이라고 할 수 있소. 거기에 성격이 잔혹하고 손속에 자비가 없어서 마인이라 하기에 부족함이 없지. 혈천마 백무선은 북쪽 지역의 패주로 군림하며 그를 따르는 혈천맹(血天盟)의 맹주를 지내고 있지만, 광천마 벽원패는 추종자를 거느리지 않고 있소. 그는 홀로 떠돌지. 만약에라도 광천마와 마주치게 된다면 도망치도록 하시오. 그는 용서가 없는 인물이니까."

광천마 벽원패.

그 이름도 알고는 있다. 다만 혈천마 백무선이나 소천마 위지호연과 비교하면 의외로 광천마 벽원패라는 이름은 이성민의 기억에 깊이 남아 있지 않았다.

벽원패는 광오하고 잔혹하여 용서가 없기로 유명한 인물이었지만, 방랑벽이 심해 이곳저곳 떠돌아다니는 인물이라 큰 소문의 중심이 된 적은 없었다.

"그리고 남은 하나가 그 소천마 위지호연. 소천마라는 별호만 본다면 혈천마나 광천마보다는 못해 보이지만…… 그렇지도 않소. 사실 소천마 위지호연이야말로 베일에 싸인 인물이라 그 힘이 제대로 가늠되지 않고 있지. 다만 분명한 것은, 소천마 위지호연은 앞서 말한 혈천마와 광천마와 비교해서 조금의 부족함도 없는 괴물이라는 것이오."

남궁세가의 소공자인 검룡 남궁희원이 하는 말이다. 그 무게감은 확실히 이성민에게 전해졌다.

"위지호연이 어떤 인물인지는 제대로 파악되지 않았소. 하지만 그녀는 잔혹하고, 용서가 없으며, 자비롭기도 하고, 대범하며…… 하하! 모순되는 소문투성이지. 위지호연이 '그'인지 '그녀'인지도 모르고. 다만 그 강함은 진짜라더군. 아직 약관도 되지 않은 나이라고 하는데 확실하게 초절정의 경지에 올랐다고 해. '천마'라는 별호를 가진 저 셋은 누구나 인정하는 천재일 것이오."

안다. 위지호연은 천재다. 그 누구보다 이성민은 위지호연의 천재성을 알고 있었다.

"너희들."

깨작거리며 밥을 먹던 스칼렛이 눈을 치켜떴다.

"밥 안 먹냐?"

그 말에 이성민은 얌전히 젓가락을 들었다. 남궁희원도 헛기침을 내뱉으면서 젓가락을 들었다.

스칼렛은 중원의 음식이 그리 입에 맞지 않는 모양이었다. 덕분에 식사의 대부분은 이성민과 남궁희원이 해치워야만 했다. 남궁희원은 이미 식사를 했다고 한 주제에 대부분의 음식을 먹어치웠다.

입가심으로 나온 차를 마시고 있을 때, 남궁희원이 입을 열었다.

"소림에 가신다고 들었소."

"우리끼리 나누는 말을 훔쳐 들었나 봐?"

"꼭 그런 것은 아니라. 그냥 들렸을 뿐이지. 제가 워낙 귀가 좋아서 말이오."

남궁희원이 능청을 떨면서 대답했다.

"소림에 간다면 저와 동행하는 것이 어떻소이까? 마침 나도 소림에 볼일이 있던 차인데."

"무슨 볼일인지 물어도 되겠습니까?"

"소림의 장문인인 불영대사에게 인사를 드리기 위함이지. 남궁세가를 비롯한 네 개의 명문세가는 일 년에 한 번씩 불영대사를 찾아가 인사를 드리고 있소. 오래전의 약속 때문이지."

네 개의 명문세가라면 남궁세가, 모용세가, 당가, 제갈세가를 말하는 것이다. 오래전의 약속이라는 것이 무엇인지 이성민은 궁금증이 일었으나 그것을 남궁희원에게 묻지는 않았다. 그런 것까지 묻기에는 조금 눈치가 보였기 때문이다.

"이 도시가 싫어졌어."

식사를 끝내고 나온 스칼렛이 투덜거렸다. 중원의 음식을 기대했었는데 입맛에 맞지 않아 기분이 상한 모양이었다.

본래는 조금 더 도시를 관광해 볼 생각이었지만, 남궁희원과 만나게 되었고 음식이 입에 맞지 않아 바로 소림으로 향하기로 했다.

하지만 브레던이라는 도시가 워낙에 큰 탓에 숭산으로 이어지는 서쪽 성문에 도착하기 전에 해가 저물어버렸다.

밤이 넘어서 소림의 문을 두드리는 것도 민폐인 것 같아 일단은 여관을 잡아 하루를 보내고 내일 출발하기로 했다.

"아, 괜찮으시다면."

숭산의 근처이기 때문일까. 아니면 무림인이 많기 때문일까.

여관의 뒤에는 널찍한 연무장이 있었다. 그를 보던 남궁희원이 이성민을 보면서 말했다.

“가볍게 비무라도 한번 해볼 수 있겠소이까?”

그 권유에 이성민은 살짝 놀란 표정을 지었다. 설마 남궁희원이 비무를 권해 올 것이라고 생각하지는 못했다.

이성민은 잠깐 고민하다가 머리를 끄덕거렸다.

“……친선전 정도라면.”

“당연히 그럴 것이오.”

남궁희원이 환한 미소를 지으면서 말했다.

스칼렛은 관심이 없다고 자신의 방으로 올라가 버렸다.

다행히 연무장을 쓰는 사람이 없어 비어 있었기 때문에 이성민과 남궁희원은 바로 연무장에서 마주 설 수 있게 되었다.

여관 주인에게 물으니 날이 없는 목검과 봉을 빌릴 수 있었다.

“창수라고는 생각했지만.”

남궁희원은 목검을 가볍게 휘두르면서 중얼거렸다.

이성민은 마갑을 벗고 가벼운 차림으로 섰다. 창과 봉은 다른 무기이긴 했지만, 친선으로 하는 비무에서 날을 세운 무기를 쓰는 것은 너무 위험했다.

“사실 나는 진짜 같은 비무를 선호하기는 하는데. 참관인도 없으니 그런 비무는 너무 위험하겠지. 그러니 적당히, 즐겨봅시다.”

“기대만큼 내가 잘해드릴 수 있을지 모르겠는데.”

"하하! 겸손이 과하시오. 뭐, 해보면 알겠지."

남궁희원은 그렇게 말하면서 자세를 잡았다. 넉살 좋던 표정이 사라지고 남궁희원의 눈이 매섭게 빛났다. 단순히 검법의 자세를 잡았을 뿐인데, 마치 전혀 다른 사람이 된 것만 같았다.

양손으로 봉을 잡은 이성민은 남궁희원에게서 흘러나오는 기세를 보면서 꿀꺽 침을 삼켰다.

이것 하나는 분명했다.

남궁희원은 강했다.

생각해 보면 검수와 이렇게 마주한 경험은 많지 않았다. 아니, 그것보다는 남궁희원처럼 제대로 무공을 익힌 고수와 대면하는 경험 자체가 드물었다.

명문세가 중 하나로 꼽히는 남궁세가는 누구나 인정하는 검의 명가다. 검문으로 유명한 문파는 많지만 검으로 일가를 이룬 것은 남궁세가뿐이다.

물론 견식이 짧은 이성민은 남궁세가의 그 대단한 검법과 상대해 본 적이 없었다.

'애초에 검수와의 싸움 경험 자체가 드물어.'

남궁희원의 실력은 어느 정도일까.

벌써부터 '검룡'이라고 불리고 있는 것을 보면 못해도 절정의 수준은 넘었을 것이다.

그래, 최소치가 그것이다. 남궁희원은 이성민이 초절정의 문을 두드리고 있다는 것을 파악했으니 남궁희원도 이성민과 마찬가지로 초절정의 문을 두드리고 있는 것일지도 모른다.

그렇다고 서로의 수준이 같다는 것은 아니다. 같은 절정고수라고 해도 그 격차가 크다. 하물며 남궁세가라는 걸출한 가문에서 태어나 어린 시절부터 다양한 무공과 고수들의 지도를 받아온 남궁희원이 가진 '경험'은 이성민이 가진 경험과 질적으로도 양적으로도 차원이 다를 것이다.

이성민도 경험은 가지고 있다. 하지만 C급 용병인 이성민이 13년 동안 살아온 경험, 과거로 회귀하여 4년 동안 쌓은 경험은 그리 대단한 것이라고 할 수는 없을 것이다. 전생의 이성민은 절정의 문턱도 밟아본 적이 없었기 때문이다.

그렇기에 이성민은 긴장할 수밖에 없었다. 양 무릎을 낮추고 창을 쥔 이성민은 마치 시간이 멈춘 것 같다는 기분을 느꼈다.

대치는 영원처럼 긴 것 같았으나 실상은 고작해야 일 분도 지나지 않았다.

의식이 엿가락처럼 쭉 늘어지면서 호흡이 가빠져 온다. 쿵쿵거리는 심장 소리가 귀에 울려대며 시야가 좁아진다. 주변 풍경이 일그러지면서 검을 쥐고 선 남궁희원의 모습만이 선명해졌다.

먼저 움직인 것은 남궁희원이었다.

남궁희원이 밟은 보법이 무엇인지는 모른다. 다만 그 걸음 하나하나가 기기묘묘하여 이성민의 눈을 어지럽혔다.

이성민은 본능적으로 걸음을 끌면서 무영탈혼을 펼쳤다.

남궁희원의 보법이 환(幻)을 담았다면 이성민의 보법은 쾌(快)를 담았다.

일보무흔은 무영탈혼 중에서도 극쾌를 추구하는 걸음이다.

쉭 하고 사라진 이성민의 몸이 남궁희원의 앞으로 다가왔다. 남궁희원은 그런 이성민의 접근에 즐거운 미소를 지었다.

창, 아니, 봉. 그런 장병을 쥐고서도 오히려 거리를 좁혀오는 이성민의 무모함이 마음에 들었다.

남궁희원이 쥔 목검이 움직인다. 느릿하게 움직인 듯싶었으나 남궁희원의 검이 만든 반원의 궤적은 근처의 것을 강제로 빨아들이는 듯한 흡의 요결을 품고 있었다.

이성민은 손안에서 꿈틀거리는 봉을 단단히 붙잡으면서 '나'의 수법으로 남궁희원의 목검에 대응했다.

빠아악!

둔탁한 소리와 함께 서로의 병기가 튀어 오른다. 이성민은 봉을 고쳐 잡으면서 양팔을 뒤로 쭉 빼냈다.

첫 초는 거리감과 반응속도를 보기 위한 것. 장병을 취하였는데 상대의 거리에 어울려 줄 생각은 없었다.

남궁희원이 이성민보다 하수라면 그렇게 해도 큰 문제는 없겠지만, 이성민이 느끼는 남궁희원은 결코 자신보다 못하지 않았다.

봉을 앞으로 내뻗으면서 걸음을 뒤로 미룬다. 양팔을 앞으로 뻗고 상체를 뻗으니 이성민이 쓸 수 있는 거리는 남궁희원의 두 배에 가까워졌다.

이것이 봉이나 창과 같은 장병의 이점이다. 한번 거리를 잡고 유지하려고 한다면 상대 쪽에서는 그를 뚫는 것이 힘들다.

파바박!

이성민의 손안에서 봉이 폭발했다. 난무하여 쇄도하는 봉끝은 뭉툭했으나 그렇다고 얻어맞을 만큼 호락호락하지는 않았다.

남궁희원은 보법을 밟으면서 검을 곧추세웠다. 살짝 흔들리는 목검과 닿을 때마다 이성민이 내지르는 봉의 궤적이 조금씩 비틀렸다.

무거움과 가벼움의 문제가 아니었다. 남궁희원이 힘을 밀어 넣어 궤도를 꺾는 타이밍이 너무나도 완벽했다.

내지른 봉을 뒤로 뺀고, 그 순간에 이성민은 봉에 회전을 집어넣었다.

구천무극창의 일초, 추혼일살이 쏘아졌다.

친선 비무였기에 상대를 해할 만큼의 위력은 들어가 있지 않았지만, 이전의 공격들과 비교한다면 확연한 무거움이 깃든 찌르기였다.

"오."

남궁희원의 입에서 짧은 감탄이 흘러나왔다. 그 즉시 남궁희원의 손안에서 검이 빙글 돌았다. 역수로 쥔 검을 아래에서 위로 쳐올린다.

따아악!

살초가 아니었다고 하여도 추혼일살이 도중에 걷혔다.

남궁희원은 몇 걸음 뒤로 물러서더니 휘파람을 불었다.

"이거 참 재미있군. 진짜 창이었다면 더 매서웠을 텐데…… 하하! 이거 흥이 나는걸. 하지만 부족해. 그러니까…… 이건 어떻소?"

남궁희원의 입꼬리가 빙긋하고 올라갔다.

"가벼운 내기를 하는 것이오."

"무슨 내기 말입니까?"

이성민은 남궁희원이 쥔 목검을 보면서 물었다. 역수로 검을 쥐고 있던 남궁희원이 다시 검을 고쳐잡았다.

"친선 비무이니, 친분에 해가 되지 않는 것이 좋을 것 같소. 내가 이긴다면 나를 형님으로 모시는 것이 어떻소?"

"……당신을 형님으로?"

"이상한 제안은 아니라고 생각하오. 애초에 내가 그대보다 나이가 많으니까."

"만약 내가 이긴다면 어떻게 합니까?"

"그렇다면 내가 그대를 형님으로 모시지. 좋지 않소? 남궁세가의 소공자인 나 남궁희원의 형님이 되는 것이오."

남궁희원이 히죽 웃으면서 말했다.

"물론 나는 나보다 어린 사람의 아우로 들어갈 생각이 없소. 그러니 이기기 위해 최선을 다할 것이오."

"……그럼 나한테 너무 유리한 것 아닙니까? 나는 당신보다 어린데. 내가 진다고 해서……."

"그렇다고 해서 최선을 다하지 않는다면 그대는 고작해야 그런 무인인 것이겠지."

남궁희원의 말에 이성민의 말문이 막혔다.

"모름지기 무를 익힌 자라면 패배를 달게 느끼지 않는 법이오."

그 말이 이성민이 품고 있던 패배에 대한 여지를 완전히 소멸시켰다. 이성민은 이 비무에서 이기기 위해 전력을 다하기로 마음먹었다.

"자, 그럼 계속해서 놀아봅시다."

남궁희원이 검을 흔들며 말했다. 이번에도 남궁희원이 먼저 움직였다.

이전의 접근이 환이었다면 이번에는 쾌였다. 빠르게 다가

온 남궁희원은 오른손에 쥔 검을 바쁘게 움직였다.

시야 가득 검격이 덮쳐온다. 이성민은 표정을 굳히면서 봉을 잡은 양손에 내공을 불어넣었다.

진정한 창법의 고수라면 복잡한 창술 없이 란나찰, 세 가지만으로도 모든 공격에 대응할 수 있어야만 한다.

위지호연이 란나찰을 가르치면서 했던 말이다.

외부에서 들어오는 공격은 란으로 받아라. 안에서 파고들어오는 공격은 나로 받아라. 틈이 보인다면 찰로 찔러라.

숱하게 들었던 말.

그것은 이미 이성민의 머릿속에는 하나의 진리이며 신앙이 되어 있었다.

하지만 안다고 해서 완전히 펼치는 것은 불가능하다. 하물며 남궁희원의 검은 빠르고 무거우면서도 변화가 다양했다. 오히려 그것은 명문정파이자 명문세가인 남궁세가의 검이라고 하기에는 지독할 정도로 어울리지 않았다.

철저하게 승리만을 추구하는 검이라는 감상이었다. 그 실용적인 검법은 목검으로 펼치고 있음에도 날카로워 감히 접근하는 것이 두려웠다.

거리를 벌려야 한다.

이성민이 발을 뒤로 미끌일 때마다 남궁희원은 성큼거리며 다가온다.

양손으로 잡은 봉은 찌르는 찰을 펼치지 않았다. 크게 휘두른 봉이 남궁희원의 머리로 날아온다. 창이라고 해서 단순히 찌르는 것이 전부는 아니다.

남궁희원이 상체를 앞으로 숙여 이성민의 공격을 피해냈다. 이성민은 봉의 앞쪽을 잡은 오른손을 아래로 꺾으면서 봉 자체를 양 손바닥 안에서 미끄러뜨렸다.

단숨에 봉의 거리감이 바뀐다. 남궁희원은 관자놀이로 날아오는 봉을 보고 능숙하게 대응했다.

홱 하고 휘두른 목검이 봉과 부딪힌다. 아니, 부딪힌다기보다는 그것은 '닿았다'. 봉과 목검이 착하고 달라붙었다.

흡(吸).

접착제라도 바른 것처럼 목검과 봉이 단단히 붙는다. 그것은 남궁희원이 내공을 다루는 것이 굉장히 능숙하다는 눈에 보이는 증거였다.

남궁희원이 목검을 움직일 때마다 이성민의 봉이 따라 움직였고, 이성민은 더욱 내공을 불어넣으면서 봉을 바깥쪽으로 회전시켰다.

따아악!

둔탁한 소리와 함께 목검과 봉이 떨어진다. 거기서 이성민은 구천무극창의 이초인 분뢰추살을 펼쳤다. 수십 개로 분영한 봉이 남궁희원을 노린다. 남궁희원이 목검을 앞으로 쭉 뻗었다.

찌어엉!

큼직한 소리와 함께 이성민이 내지른 봉이 위로 튀어 오른다.

아무리 빠르게, 연거푸 찌른다고 해도 결국 이성민이 쥐고 있는 것은 하나의 봉이다.

그중 하나를 정확히 맞붙여 찌른 남궁희원의 수법은 단조로우면서도 정확했다.

더.

이성민은 아랫입술을 깨물었다. 보법과 창법을 섞는다. 단순히 거리를 벌리고 일직선으로 공격하는 것이 아니라 다양한 각도를 노린다.

남궁희원은 그것조차 대응했다. 남궁희원의 대응은 허점이 보이지 않을 정도로 완벽했고 그의 목검은 이성민의 봉보다 단단하고 가벼우며 무거운 것 같았다. 그런 모순적인 평가 이외에 다른 것은 상상할 수가 없었다.

남궁세가의 검.

이성민이 처음 겪는 명문세가의 전통 있는 검법이 이성민을 압박해 온다.

이성민이 익힌 구천무극창은 그 검법에서 벗어날 수가 없었다.

어느 순간부터 이성민은 뒤로 밀리고 있었다. 장병인 창을 쥐었음에도 남궁희원의 검법을 받아내지 못하고 뒤로 밀린다.

이성민의 손아귀에 땀이 차오르고 초조함에 짓이겨 씹은 입술에서 피가 흐르기 시작할 때, 남궁희원의 검이 이성민의 창로를 꿰뚫었다.

"헉."

이성민이 숨을 삼켰다. 남궁희원의 목검은 이성민의 목젖에 닿아 있었다.

"내가 이겼소."

남궁희원이 짓궂은 미소를 지었다.

"앞으로는 나를 형님이라 부르도록 하시오."

"……으음……."

"정 원한다면 목검이 아닌 진검과 봉이 아닌 창을 들고 다시 승부해도 좋고. 나는 그편이 더 재미있을 듯하니."

"아니, 아닙니다."

이성민은 한숨을 내쉬면서 머리를 가로저었다.

"내가…… 졌습니다, 형님."

그 말에 남궁희원이 방긋 웃었다.

"아우는 굉장히 특이해."

이성민이 형님이라고 부른 순간, 남궁희원은 즉시 자신의 말투를 바꾸었다. 남궁희원은 그 자리에 털썩 주저앉더니 이성민을 올려 보았다. 이성민은 잠깐 주저하다가 남궁희원의 앞에 마주 앉았다.

"무엇이 특이하다는 겁니까?"

"아우의 창술은 이미 명인의 경지에 올라가 있어. 그래, 창술은 말이야. 그런데 그게 참 애매하단 말이지."

명인의 경지라면서 애매하다는 것은 또 뭔가?

이성민은 미간을 찡그리면서 남궁희원을 바라보았다. 그런 이성민의 시선에 남궁희원이 킬킬거리면서 웃었다.

"란나찰. 창수라면 모두가 알고 있는 세 가지의 기본기지. 아우는 그것만큼은 명인의 경지야. 하지만 란나찰이 아닌 다른 창법은 조금 부족하더군."

"……어떤 의미로 하는 말입니까?"

란나찰이 아니라면 구천무극창을 하는 말이리라.

이성민의 질문에 남궁희원이 웃으며 말했다.

"내가 보기에는, 아우는 실전 경험이 부족해. 특히나 고급 창술로 싸우는 경험이 부족한 것 같아. 기본기를 쓰는 법은 알지만 그 이상의 고급 창술은 단순히 이론만으로 능숙하게 펼칠 수 있는 것이 아니야. 실전 경험. 아우는 고수와 싸워본 경험이 너무 부족해 보여."

그 말에 이성민은 반박할 수가 없었다. 맞는 말이었기 때문이다.

"그리고 또, 아우는 내공을 다루는 것이 너무 미숙하군."

"내공…… 말입니까?"

"맞아. 육체는 할 수 있는데 내공이 따라와 주지 못하는 느낌? 그렇다고 해서 내공이 부족한 것 같지는 않고…… 이 경우에는 심법의 수준이 낮거나 기혈이 제대로 뚫리지 않았다는 말이지. 역시 임독양맥이 뚫리지 않았기 때문인가. 아니면 환골탈태?"

"환골탈태라고요?"

"임독양맥이 뚫리고 단전이 커지게 되면 육체가 그에 맞게 변화하지. 근데 이게 참 묘한 일이란 말이야. 내공이 육체를 따르지 못하는데 육체가 환골탈태한 것도 아니라니. 심, 기, 체 모두가 엉망으로 꼬여 있어. 대체 아우의 몸뚱이는 뭐지?"

남궁희원이 머리를 갸웃거리면서 중얼거렸다.

그 말에 이성민은 짚이는 것이 있었다. 검은 심장. 갑작스레 육체와 동화된 검은 심장이…… 이성민의 육체를 기묘하게 꼬아놓은 듯했다.

"뭐 그건…… 앞으로 아우가 내공 수련을 열심히 한다면 보완될 거야. 경험도 마찬가지지. 내가 왜 아우를 아우로 삼고 싶어 했는지 알아?"

"……모르겠습니다."

"아우는 언젠가 초절정의 경지에 들어설 거야. 그것이 언제일지는 모르지만, 초절정에 입문하게 될 것은 틀림없는 사실이지."

남궁희원은 그렇게 말하면서 히죽 웃었다.

"아우로 삼아 나쁠 것이 없는 사람이라는 말이지."

"내 인성이나 배경, 과거 따위는 신경 쓰지 않는 겁니까?"

"무슨 말인가?"

"내가 당신…… 이 아니라, 형님의 아우가 된다고 해서 형님을 진심으로 형님으로 모시리라는 보장은 없지 않습니까?"

"그건 아우가 하고 싶은 대로 해."

남궁희원이 어깨를 으쓱거리며 말했다.

"내가 알 바는 아니거든. 그냥, 아우를 아우라 부르고 아우가 나를 형님이라고 부르는 것이 중요한 것이지. 남한테 보여주기에는 그것으로 충분해."

"다른 이들에게 보여주기 위해서 나를 아우로 삼은 겁니까?"

이성민이 어이가 없다는 얼굴을 하면서 물었다. 그 말에 남궁희원이 머리를 끄덕거렸다.

"말하지 않았나. 숭산 소림에 가서 다른 가문의 후계자들과 함께 불영대사에게 인사를 올려야 한다고."

남궁희원은 그렇게 말하면서 몸을 일으켰다.

“허세라는 것은 중요한 거야.”

그렇게 말하는 남궁희원의 웃음은 즐거움이 가득해 보였다.

to be continued